8時15分

ヒロシマで生きぬいて許す心

美甘章子
Akiko Mikamo

講談社エディトリアル

私、美甘《みかも》章子《あきこ》は被爆《ひばく》二世です。

本書は、世界じゅうの一人でも多くの人々に、被爆後も生きぬいた父・進示《しんじ》の体験を伝え、このような悲劇を二度と起こさないために、幼い頃《ころ》より父から聞いた話を、父の言葉でまとめたものです。英語版は、*RISING FROM THE ASHES : A True Story of Survival and Forgiveness from Hiroshima*（Lulu Publishing Services rev./2013）としてアメリカで出版されています。

推薦《すいせん》の言葉

美甘章子《みかもあきこ》博士の『8時15分——ヒロシマで生きぬいて許す心』を推薦する。

この本は、広島の被爆《ひばく》の悲惨《ひさん》な実相を個人の体験を通じて明らかにしているが、それ以上に家族の深い絆《きずな》、人類愛、そして友情の記録だ。

章子さんの父親・美甘進示《しんじ》さんの被爆体験を中心とするこの本を読んでまず痛感するのは、一発の原爆《げんばく》が無数の市民に及《およ》ぼした残虐《ざんぎゃく》で非人道的な死と苦痛に対する憤《いきどお》りだ。

しかし、被爆直後の惨状《さんじょう》と混乱の中、重傷と重度のやけどで何度も死んだほうが楽だとあきらめかける進示さんを、お父さんの福一《ふくいち》さんが、自身深手を負いながら叱咤激励《しったげきれい》し、全智全《ぜんちぜん》霊《れい》を振《ふ》り絞《しぼ》り、自らの命を与えきる思いで生き延びさせようと奮闘《ふんとう》する姿には、驚嘆《きょうたん》せざるを得ない。

それのみならず、あきらめない勇気、真実に対する探究心、誠実さ、感謝、寛大《かんだい》な心など、苦難の中を強く誠実に温かく生き抜《ぬ》く力を進示さんに与えた尊さに接し、感動に心を揺《ゆ》さぶられる。

東照宮《とうしょうぐう》の階段での二人の居丈高《いたけだか》な兵士との遭遇《そうぐう》は、人間性の欠如《けつじょ》による弱者への残酷《ざんこく》な仕打ちのエピソードだが、これさえも、理不尽《りふじん》で絶望的な状況《じょうきょう》でも息子《むすこ》を生存へと導《みちび》くため命を振り絞った父親の、深い愛情と決断力の崇高《すうこう》さを際立《きわだ》たせている。

絶望的な状況を生き抜いた進示さんのその後の人生も、同じ被爆者の奥さんとの出会いと夫婦愛、不誠実な事業者との決別と起業、友情、母を思う進示さんの葉書き、形見の時計に関する驚《おどろ》くべきエピソード等、強く温かい人間として人生を歩む進示さんの姿に、限りない共感を覚える。

先日、進示さん、章子さんと懇談《こんだん》した。九十歳《さい》近い今も現役で働く進示さんの活発な精神活動に驚嘆し、対話に心踊《おど》り、被爆体験を父君への感謝の思いで語る進示さんの心に感動した。深い人間の生き方が、お父さん、進示さん、章子さん、そしてそのお子さん達へと間違《まちが》いなく継承《けいしょう》され、残酷な被爆体験をも確かな相互《そうご》理解と人間性の覚醒《かくせい》、自他共に包み込む精神空間の晴れ晴れとした広がりへと昇華《しょうか》する人間の無限の可能性を実証されていることに、限りない希望を感じる。

核《かく》兵器のない平和な世界の実現には、核廃絶《はいぜつ》とともに、相互理解、違《ちが》いを多様性として尊重できる同じ人間家族としての意識形成が不可欠だ。被爆の惨状下で示された愛と勇気と他者を包み込む魂《たましい》の輝《かがや》きは、困難な差異をも超《こ》えて平和な時代を拓《ひら》く人間の限りない可能性に、希望の光源をあかあかとともしている。

公益財団法人　広島平和文化センター理事長／平和首長会議事務総長
小溝泰義《こみぞやすよし》

八十八歳《さい》になる父は元気にしている。一人で小さな事業を興して、長年続けてきた。家族は子どもや孫もでき、仕事も次の世代に任せることができるようになった。にこにこして静かな父である。この父の若い時に人生を変える大きな出来事があったこともわからないような、安定した父の姿である。

一九四五年八月六日。その日を誰《だれ》も忘れはしない。人間の歴史で初めて、原子爆弾《ばくだん》が広島のにぎやかな街の上で炸裂《さくれつ》した。一瞬《いっしゅん》にして、七万人もの人が焼け焦《こ》げて死んだ。階段の石に黒く影《かげ》を残して蒸発して消えてしまった人もいる。その後の二か月の間に、さらに十万人をこえる人が亡くなった。生き残った人も、原爆《げんばく》の熱線によるやけどを全身に受けた。広島の街はなくなり、焼け野が原になった。

住んでいた人たちは死を免《まぬか》れても、放射能と熱線の影響《えいきょう》から逃《のが》れることはできなかった。そして今日も、広島の人びとは放射能の影響によって次々と死を迎えている。

このような苦しみの中で、父は何を考え、そして原爆をどのように乗り越《こ》えていったのだろうか……。毎日の生活の中で死に直面する肉体の苦しみ。そして深い思いの中から生まれる許しと、人と人が安らかに手をつなぐ心への願い……。自分の中に怒《いか》りや憎《にく》しみがある限り、相手の中にも怒りや憎しみを見てしまうのだ。自分も相手も同類なのだ。自分の中の怒りや憎しみを越えるとき、許しがはじまる……。怨讐《おんしゅう》を超えることがはじまる……。そして安らぎと信頼《しんらい》が生まれはじめる……。

本書には、焼けた灰の中から不死鳥がよみがえったように、原爆によって焼けただれた灰の中から許しと安らぎが生まれ出ていく、厳しく、しかし深く静かな物語が描《えが》かれている。

前日本心理臨床学会会長／前京都文教大学学長
教育学博士　鑪幹八郎《たたらみきはちろう》

目次

8時15分　ヒロシマで生きぬいて許す心

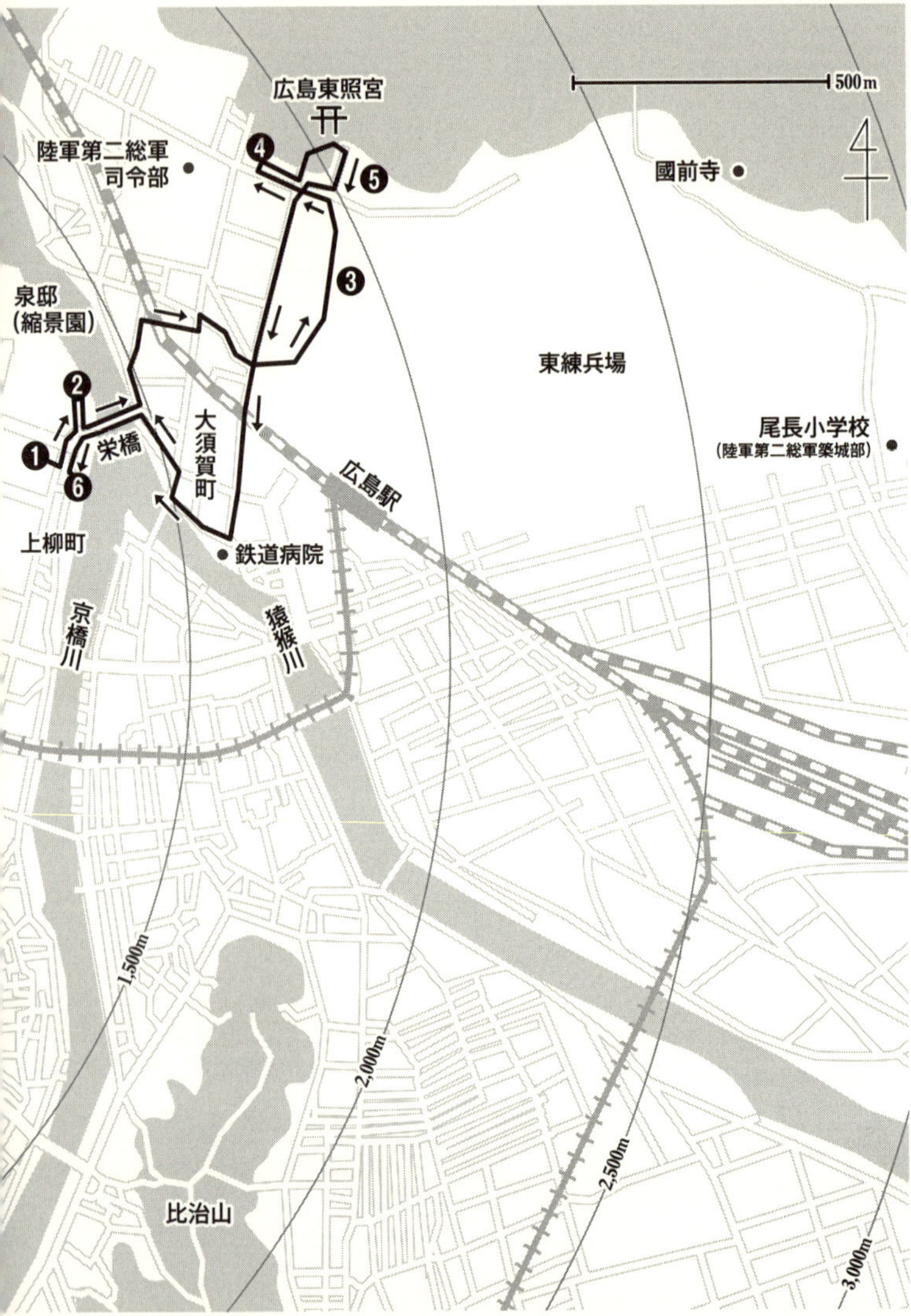
広島東照宮
500m
陸軍第二総軍
司令部
國前寺
泉邸
(縮景園)
東練兵場
栄橋
大須賀町
尾長小学校
(陸軍第二総軍築城部)
広島駅
上柳町
鉄道病院
京橋川
猿猴川
1,500m
2,000m
2,500m
3,000m
比治山

被爆《ひばく》した当時の広島市街地と進示《しんじ》の避難《ひなん》経路

❶ 進示が被爆した自宅。

❷ 8月6日（被爆1日目）の夜を過ごした場所。

❸ 8月7日（被爆2日目）、救護を求めて大勢の人々とともに列に並ぶ。

❹ 広島東照宮の石段下で2日目の夜を過ごす。

❺ 8月8日（被爆3日目）、東照宮の石段を上って本堂の裏で休む。
しかし、石段を下りるのを止められ、仕方なく迂回《うかい》して下りる。

❻ 瓦礫《がれき》と化した自宅に戻《もど》り、焼け残った近所の倉庫で3日目の夜を過ごす。

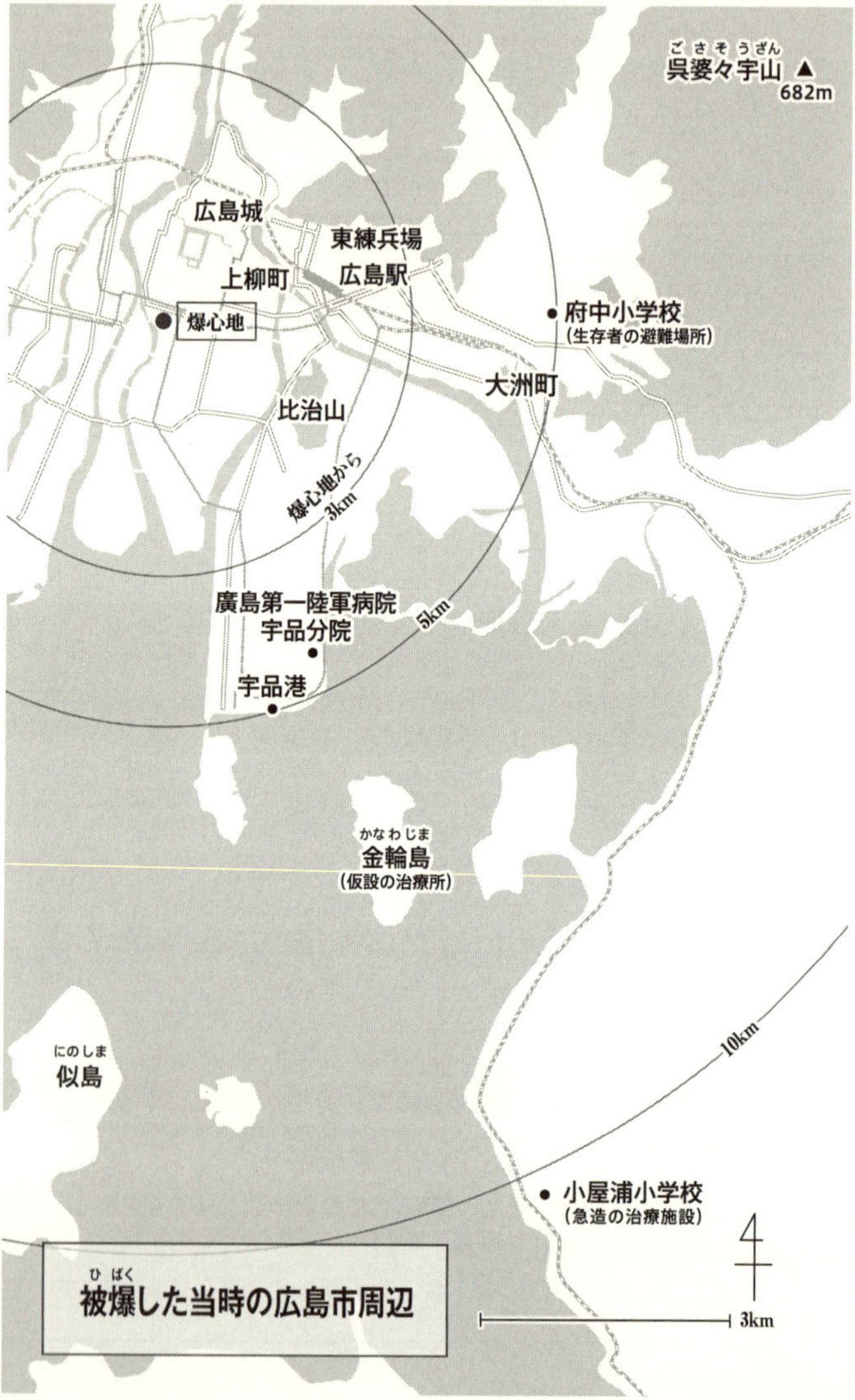

被爆《ひばく》した当時の広島市周辺

8時15分

ヒロシマで生きぬいて許す心

カバー装画　加藤健介
表紙装画　エクレア・ベル
地図制作　ウズ株式会社
装丁　内山尚孝(next door design)
編集協力　菊地武顕

1　青い空、赤い空

一九四五年八月六日・月曜日、広島——


その朝、始まりはいつもとほとんど変わらなかった。

午前七時前、私は父——美甘福一《みかもふくいち》——に起こされた。それから、板の間の小さな卓袱台《ちゃぶだい》の前に胡坐《あぐら》をかき、二人で朝食を摂《と》った。いつもと同じ、配給されたアワとヒエのお粥《かゆ》。

大日本帝国《ていこく》が戦線を拡大し、アメリカと開戦してしばらくしてから、食べ物や日常の必需品《ひつじゅひん》が私たちの暮らしから姿を消した。とくに米は配給規制が厳しく、拝むことさえできなくなっていた。砂糖や甘い果物も全く入ってこなくなった。東南アジアから我《わ》が国へ向かう貨物輸送船が敵国に撃沈《げきちん》され、食料と物資の供給ラインが絶たれたからだ。

戦時下の苦しい生活がずいぶん長く続いていた。あまりの長さに、自分たちが戦前どんな暮らしをしていたか、もう忘れてしまったほどだ。

帝国《ていこく》政府は何年にもわたって「国民精神総動員」を掲《かか》げ、子供から年寄りまで国民すべてが一丸となって戦うよう、徹底的《てっていてき》な戦意高揚《こうよう》キャンペーンを行ってきた。

「欲しがりません、勝つまでは！」

「贅沢《ぜいたく》は敵だ！」

「聖戦だ！　己《おのれ》殺して、国生かせ！」

子供たちも声をそろえて叫《さけ》ばされたが、それで腹の虫が黙《だま》ってくれるわけではない。アワとヒエが何粒《つぶ》か浮かんだだけの茶碗《ちゃわん》の湯が、どんぶり飯のように思えるわけでもなかった。

こうした困難に対して、父はよく、剃刀《かみそり》のような鋭《するど》い皮肉《ひにく》とユーモアを言い放ったものだ。

配給食糧《しょくりょう》について近所の人にこう言っているのを聞いたことがある。

「いやあ、鶏《にわとり》の餌《えさ》を食わしてもらいよるけぇ、朝、はように目が覚めますわ」

そして皮肉のあとには、いつも高らかな笑い声が続くのだった。

「うわっはっはっはっは」

陽《ひ》はまだ高くなかったが、真っ青な空のもと、蒸《む》し暑い八月のねっとりした空気が、すでに私たちを包み込んでいた。広島の夏は湿度《しつど》が高く、むっとする。漆喰《しっくい》の壁《かべ》と障子《しょうじ》の隙間《すきま》から入り込んでくる熱気が、私たちをあざ笑うかのようだ。じきに、気温と湿度が耐《た》え難いほど上がることだろう。

この朝、いつもと違《ちが》うことがひとつだけあった。朝食後、父も私も、さっさと行動に移ろうとしなかったことだ。私たちは、その日のうちに建物疎開《そかい》の準備を終えなくてはならなかったのだが、それは本当は気の進まない仕事だったのだ。

前年の暮れ頃《ごろ》から、全国の二百以上もの都市がアメリカ軍の空襲《くうしゅう》を受けていた。住居が焼き払《はら》われ、大勢の民間人が死亡し、壊滅《かいめつ》状態に陥《おちい》る都市も出た。こうした無差別の絨毯爆撃《じゅうたんばくげき》に備えて、まだ都市機能が残っている街には建物疎開命令が出された。広島もそうだった。

建物疎開とは、街並みの一定区画の家を取り壊《こわ》し、間引きすることである。こうしておけば、容赦《ようしゃ》ない焼夷弾《しょういだん》の攻撃《こうげき》を受けても、火災が広がるのを食い止めることができる――軍部はそう考えた。

私の家は、建物疎開に指定された区画にあった。そのため、家の中から取り出せるものは取り出して、家が壊される準備をしなければならない。この区画の数十軒《けん》の家屋が同じ運命にあり、みな家具や貴重品などを運び出していた。

軍部は、家を失った私たちがどこへ行ったらよいかなど、気にもかけていなかった。行き先は自分たちで見つけなくてはならない。

幸いにも私たちは、近所の一家が部屋を提供《ていきょう》してくれることになっていた。建物疎開《そかい》を免《まぬか》れた田中さん一家が、「行くところがなかったら、うちの離《はな》れに住みんさい」と申し出てくれたのだ。田中さんに迷惑《めいわく》をかけるのは恐縮《きょうしゅく》だったが、親切をありがたく受け容れるしかない。なにしろ私たちは、市内を離れて疎開することも許されていなかったのだから。学童と病気の大人《おとな》だけが、軍部が発行する許可証をもらって田舎《いなか》の親戚《しんせき》宅などに疎開することができたのだ。

我が家を失うのは残念だったが、隣人《りんじん》の好意はありがたかった。このように助けてもらえるのも、日頃《ひごろ》から父が地域の人々の面倒《めんどう》をよくみて尊敬されていたからに違《ちが》いない。

前日は日曜日だったので、父と私は長い時間をかけて家の中を片づけ、持ち物を選《え》り分けて建物疎開に備えた。しかし、終わらせることができなかった。そのため、電気工として陸軍第二総軍築城部《ちくじょうぶ》で働いていた私は、仕事を休まなければならなくなった。

本当は仕事を休みたくなかった。上官にひどく叱《しか》られそうだったから。

とはいえ、ほかに選択肢《せんたくし》はない。父は気丈《きじょう》だが、もう六十三歳《さい》。力仕事をまかせるのは無理だ。そこで私は、前夜、灯火管制で真っ暗な中を意を決して上官宅へ歩いていき、翌日の休みをおそるおそる願い出たのだった。

この戦時下、私たち国民は数多くの不可解なことを強《し》いられてきた。軍部によって納得できない道に導かれているような気さえした。それを私が口にすることはなかったが、父はよく「ばかげたことようのぉ」と呟《つぶや》いていた。

建物疎開も意味のあることとは思えなかった。なにしろ私は、敵機の空襲《くうしゅう》の破壊力《はかいりょく》がどれほどすさまじいものかを直《じか》に目撃《もくげき》していたのだから。

それはほんの二ヵ月少し前、五月末のことだった。私は、出張で一ヵ月ほど滞在《たいざい》していた仙台《せんだい》から広島への帰還《きかん》を命じられ、ぎゅうぎゅう詰《づ》めの夜行列車で東京に向かった。東京まであと二時間くらいという頃《ころ》、誰《だれ》かが「うわあ、東京がやられてるぞ！」と叫《さけ》んだ。窓の外を見ると、南の空が真っ赤に染まっていた。

陽《ひ》が昇《のぼ》り始めた頃、上野駅に着いた。駅を出ると、焦土《しょうど》と化した街にはあちこちでまだ炎がくすぶっており、あたり一面煙《けむり》だらけだった。建物はほとんどが燃え崩《くず》れ、灰と瓦礫《がれき》になっていた。

東京は四度目の大空襲を受けたのだ。その前、三月十日には、何百機ものB29が夜十一時頃から明け方まで焼夷弾《しょういだん》の雨を降らせ、一夜にして十万人以上の命が奪《うば》われていた。学童や病人は田舎《いなか》に疎開していたが、乳飲《ちの》み子《ご》や幼児、女性の多くは都内に残っており、この空襲の犠牲《ぎせい》となった。

五月末に帝都《ていと》東京の変わり果てた姿を目の当《ま》たりにした私は、広島市民に向けられた建物疎《そ》開《かい》命令がいかに無意味なものであるか、身に染《し》みてわかっていた。B29が一斉《いっせい》にやってきて絨《じゅう》毯爆撃《たんばくげき》をしたなら、破壊《はかい》を和《やわ》らげるものなど何もありはしない。建物をところどころ壊《こわ》したところでほとんど意味がないことを、なぜ軍部はわからないのだろうか?

私たちは「必ず大日本帝国《ていこく》が勝つ」と教えられ、それを固く信じていた。時間の経過とともに、戦争に勝ち進んでいるにしては不思議なことがあれこれ見えてはきたが、それでもまだ「勝つ」と信じ込んでいた。勝つためならありとあらゆる犠牲《ぎせい》も受け入れ、本土上陸になれば一億玉砕《ぎょくさい》もはばからずと思っていた。

我《わ》が帝国がこれまで強力な敵国を倒《たお》してきた歴史を、私たちは誇《ほこ》りに思っていた。一九〇四年に始まった日露《にちろ》戦争では、十倍以上もの大きな軍隊を持つ強国ロシアを打ち負かした。それよりはるか前の一二八一年、南宋《なんそう》を滅《ほろ》ぼして中国を征服《せいふく》した蒙古《もうこ》が攻め《せ》込んできたときも、日本は追い払《はら》った。台風の直撃《ちょくげき》を食らった蒙古軍は、日本軍の総攻撃《そうこうげき》を受けて壊滅《かいめつ》した。

帝国の軍指導者たちはこの奇跡的《きせきてき》な強風を「神風《かみかぜ》」と呼び、我が帝国の何十倍何百倍もの資源を持つ敵国を「神風」が打ち負かすと説いた。出撃《しゅつげき》のみで帰ってくることのない特殊《とくしゅ》飛行部隊は、「神風特攻隊《とっこうたい》」と名づけられた。

私たちは現人神《あらひとがみ》たる天皇陛下を深く尊敬していたが、さすがに軍部の政策ややり方には疑問を感じざるを得なかった。建物疎開命令といった軍部の下す不条理な統制に、私たちは疲《つか》れてもいた。口にこそ出さないが、誰《だれ》もが「一日も早く戦争が終わってほしい」と願っていることは明らかだった。

私の心の奥底では、本当に帝国は戦争に勝てるのだろうかという疑問の種が、芽を出し始めていた。日本が、戦艦《せんかん》や兵隊や武器や銃弾《じゅうだん》の数で圧倒的《あっとうてき》に劣《おと》っているのは間違《まちが》いない。

それを補うべく、国家総動員法により、子供も大人《おとな》も軍を助けるために勤労奉仕《ほうし》をした。家じゅうの鍋《なべ》や釜《かま》や釘《くぎ》などありとあらゆる金属を、銃弾に鋳造《ちゅうぞう》すべく供出させられた。のちに国指定の重要文化財となる日蓮宗《にちれんしゅう》本山國前寺《こくぜんじ》の尊い鐘《かね》でさえ、兵器にする呉《くれ》の工場で鋳型《いがた》に入れられる寸前だったほどだ。

私は比治山《ひじやま》の公園で、広島出身の前首相・加藤友三郎元帥《かとうともさぶろうげんすい》の銅像が同じ目的で工場に運ばれるべく、転がされているのを見た。小学校の頃《ころ》は、その銅像の前に立ち止まって脱帽《だつぼう》し敬礼しなければ通れなかった。なのに、今や偉大《いだい》な前総理大臣の銅像が、大砲《たいほう》にするため地べたに転がされている。「こりゃあ、この国は勝てんわ」と、心の中で密かに思ったものだ。

誉《ほまれ》ある内閣総理大臣・東条英機《とうじょうひでき》元帥に率《ひき》いられた大日本帝国陸軍と海軍は、それでもなおひっきりなしに国民を煽《あお》った。

「鬼畜米英《きちくべいえい》！」

「帝国《ていこく》は勝ち進んでいる！　シンガポール陥落《かんらく》、フィリピン、香港《ホンコン》、まださらに勝利は続く！」

新聞の見出しやラジオの報道によるこうした喚起《かんき》も、もうこの頃《ころ》にはぴんと来なかった。

もっとも、私の心の中で芽を出し始めた不信の種は、幼年工《ようねんこう》として陸軍兵器補給廠《しょう》に勤めていた頃に植えつけられていたのかもしれない。その当時の私の仕事のひとつは、短波ラジオを修理することだった。

当時、民間人は短波ラジオ放送を聴《き》くことが禁じられていた。というのも、短波ラジオは遠くからの電波、つまりは他国が流す電波の受信も可能だったからだ。軍部は、国民が敵国の放送を聞くのを阻止《そし》したかったのだ。

もし民間人が短波ラジオを傍聴《ぼうちょう》しているのが見つかりでもしたら、ラジオを取り上げられたうえ逮捕《たいほ》され、厳罰《げんばつ》に処せられた。出征《しゅっせい》軍人や政府関係者が海外での任期を終えて帰国した際には、税関でラジオを没収《ぼっしゅう》され、短波放送が聴けないように改造された。

一九四五年の一月だったろうか。私は同僚《どうりょう》とともに、短波ラジオを改造するためにいじっていた。すると突然、〈カランカラン、カランカラン〉と、大勢の人が歩く下駄《げた》の音が聞こえ出した。それに続いて、女の人のきれいな日本語が聞こえてきた。

〈日本の皆《みな》さんこんにちは。この音が何だかわかりますか？　これは戦争が始まる前の銀座でにぎやかな通りを歩く人たちの足音です。ほら、あの頃はあんなに楽しかったのを覚えていますか？　駄菓子《だがし》屋には飴《あめ》があり、果物屋には、今みたいに腐《くさ》ったみかんがほんの数個転がっているというのではなく、甘いバナナが所狭《ところせま》しと並んでいましたよね。懐《なつ》かしいでしょう？　楽しかった日々が恋《こい》しいでしょう？　あの頃に戻《もど》りたくありませんか？　この放送は本土に近い船から発信されています。日本がもう戦うのをやめて戦争が終わったら素晴《すば》らしいでしょう？　平和な日々に戻りましょう！〉

私たちは仰天《ぎょうてん》した。

「うわぁ、こうようなこと言いよるでぇ！」

しかし、この放送に魅了《みりょう》され、興奮《こうふん》した私たちは、繰《く》り返し聴き入った。

この放送を聴いてしまったことは、絶対に口外してはいけない。もし上官らに知られたら、すぐさま逮捕され、反逆者として投獄《とうごく》されるからだ。

後日、父にだけはこのことをそっと打ち明けた。この不思議な、しかしいかにも本当らしい放送の内容を一言一句もらさずに。

私と違《ちが》い、父はちっとも驚《おどろ》かずにこう言った。

「敵は近づいてきよるけ、そんぐらいのことは言うじゃろうてぇ」

父はいつも沈着《ちんちゃく》冷静で、素晴らしい見識の持ち主だった。たとえば戦時下の英語教育についても、納得《なっとく》のいく意見を言った。

戦時下では、私たちは英語を話すことを禁止されていた。帝国《ていこく》政府が学校で敵国語を教えるのを禁じたため、高等小学校への進学を前に英語の授業を楽しみにしていた私は、とてもがっかりしたことを覚えている。

父は皮肉《ひにく》を言い放った。

「学徒に英語を教えんじゃと？　そよな馬鹿《ばか》げたことがあるか！　帝国がアメリカとの戦争に勝って敵国を征服《せいふく》する気なら、その分よけぇに英語を学ばんにゃいけんじゃろうが！　戦争に勝ったあとで敵国をどうように統治《とうち》しよう思うとるんか？　英語を知らんかったら、アメリカ人捕虜《ほりょ》に話もできんじゃないか！」

それでも、父が自分の意見を披露《ひろう》するのは、自宅の中でだけ。誰《だれ》が軍部に密告するかわからなかったからだ。帝国政府を批判することは重い罪だった。反逆行為《こうい》は死刑《しけい》。私たちは、軍部が発表する戦争の勝ち具合が実際とは異なると何となく察してはいたが、どんな疑いも胸の中に秘《ひ》めておかねばならなかった。建物疎開《そかい》命令にしても、疑問を差しはさむなどは言語道断で、ただひたすら従うしかなかったのだ。


話をあの日の朝に戻《もど》そう。陽《ひ》が昇《のぼ》るにつれて空はますます青みを増していったが、私たちはまだ卓袱台《ちゃぶだい》で、アワとヒエのお粥《かゆ》、というより重湯《おもゆ》をすすっていた。

やがて父が、仕事を始める気力を奮い立たせるかのように、卓袱台から懐中時計《かいちゅうどけい》を取り上げた。父は、いちいち隣《となり》の部屋の柱時計を見に行かなくてもよいようにと、いつも卓袱台の上に懐中時計を置いていた。今それを取り上げたとき、鎖《くさり》についた家の鍵《かぎ》がチャリチャリンと鳴るのを聞いて、私は「家がなくなったら鍵も要《い》らなくなるな」とふと思った。

建物疎開の準備をするのは、父と私の二人だけだった。我《わ》が家は四人家族だったが、ほかの二人は家にいなかった。母は重い肝硬変《かんこうへん》を患《わずら》っていたため、許可証をもらって岡山県《おかやまけん》の山奥にある故郷に疎開していた。兄の隆示《たかじ》は出征《しゅっせい》し、フィリピンにいた。

いよいよ仕事の開始。重労働は十九歳《さい》の私の役目、父は裏庭で片づけと掃除《そうじ》だ。

私はまず、瓦《かわら》で覆《おお》われた屋根に上り、釘抜《くぎぬ》きで瓦を一枚ずつ剝《は》がしていった。これからお世話になる田中家の離《はな》れには、便所がない。この家から瓦などの建材を持っていき、新しく便所を建てなければならない。

ときどき瓦を剝がす手を休めて、私はあたりを見回した。ここは広島市の中心部に近い上《かみ》柳町《やなぎちょう》（現在の中区上幟町・幟町・橋本町のあたり）。すぐ近くに季節の花に彩《いろど》られる泉邸《せんてい》（現在の縮景園）があり、反対側に目をやると京橋川の澄《す》んだ水がきらきら光りながら流れている。元帝国陸軍病院長や元中国新聞編集局長などの裕福《ゆうふく》な家並みが、とても優雅《ゆうが》に見えた。

私たち一家が上柳町《かみやなぎちょう》のこの美しい街並みに引っ越《こ》してきたのは、ほんの数年前。私が高等小学校（現在の中学一〜二年）を卒業し、帝国《ていこく》陸軍の兵器補給廠《しょう》に幼年工《ようねんこう》として勤め始めた直後のことだ。それまでは、同じ上柳町でも窮屈《きゅうくつ》な場所に住んでいた。

父は、西日本一とも言われた写真館に勤めており、弟子《でし》が十二人もいた。家族のポートレートを撮《と》ったり、広島の高等学校や旧制専門学校（いずれも現在は大学）、また広島文理大学などの卒業アルバムの写真を撮ったりしていた。父はよく、そうしたアルバム用の写真を自宅に持ち帰り、整理をすることがあった。兄と私は、それらの写真を見るのがとても楽しかった。

ところが、私が尋常《じんじょう》小学校四年生のとき、父が勤めていた写真館が倒産《とうさん》してしまった。日本が中国と全面戦争を始めてからというもの、学生も軍に召集《しょうしゅう》され、将校となって戦地に送り出された。高校や大学は卒業アルバムを作成できなくなり、また夫や息子《むすこ》を兵役《へいえき》に取られた一家が家族写真を撮ることも、ほとんどなくなったからだ。

私たちは、ありとあらゆる窮乏《きゅうぼう》と我慢《がまん》を受け容れなければならなかった。兄と私は中学（現在の中学三年〜高校三年）に進学するのをあきらめ、十四歳《さい》で高等小学校を卒業するとすぐに働きに出なければならなくなった。私は勉強が好きで、成績も学年で二番だった。だから、進学をあきらめるのはとても辛《つら》かったが、仕方がなかった。

貧乏《びんぼう》ではあったが、父は文・芸・知に秀《ひい》でていた。そのうえ、ありとあらゆる問題を解決する能力があった。壊《こわ》れた機械から遠い親戚《しんせき》の秘密《ひみつ》裏の家族問題まで、すべてを修繕《しゅうぜん》して、誰《だれ》からも尊敬されていた。隣人《りんじん》はみな、父を「美甘《みかも》さん、美甘さん」と呼び、まるで師か首長であるかのように接していた。

そういう父だったからこそ、地元の名士、加計《かけ》さんの好意に与《あず》かれたのだ。

加計さん宅の母屋《おもや》の隣《となり》には、長男一家の住む家があった。長男一家が転勤で引っ越して空き家になったため、そこに住んでくれないかと私たち一家に声がかかったのだ。加計さんのご主人は高齢《こうれい》だったので、奥さんは父のような人の手助けや助言が必要だと思ったのだろう。それまで貧乏暮らしだった私たちは、風呂《ふろ》が自宅にあることや隣接《りんせつ》した小さな畑でトマト、きゅうり、芋《いも》などの野菜を植えて育てることができるという特権が、とてつもなくうれしかった。

まだ八時前だったが、暑い日になりそうだった。空には一片の雲もなく、釘抜《くぎぬ》きで一枚一枚瓦《かわら》を剥《は》がしていく私の顔を汗《あせ》が伝い落ちた。親友の照男《てるお》と、夕方になったら京橋川の栄橋あたりに泳ぎに行こうと約束していた。それを楽しみに、私は作業を続けた。

すべてが穏《おだ》やかであるように見えた。抜《ぬ》けるような青空。その空の下には山と海に囲まれた広島が七本の川が流れる美しい三角州《さんかくす》に広がり、いくつかの丘が見えていた。市内はほとんどが一階建ての家屋でぎっしりと埋《う》まっていたが、なかには二階建ての家やコンクリートのビルも幾《いく》つかあった。大小の木造家屋で街並みはいっぱいだった。陸軍の第二総軍司令部もあり学芸都市でもある広島市には、たくさんの学校と数ヵ所の軍施設《ぐんしせつ》があった。

商店街にはすでに人がびっしりと出ていて賑《にぎ》やかだった。すぐ下からは、暑さをしのぐために水打ちをする隣人《りんじん》の元気な声がした。通りがかる人は「おはようございます」と明るく挨拶《あいさつ》をしていた。

ほかの多くの都市と違《ちが》って、広島はまだ一度も空襲《くうしゅう》を受けていなかった。「僕《ぼく》らの日頃《ひごろ》の行いがいいからだろうか」「僕らにはほかの都市の人たちにない特別なご利益《りやく》があるのだろうか」「そうだったらいいな」と私は思った。そしてそのご利益が、フィリピンで戦っている兄も守ってくれたらなと思った。私は、兄がとても恋《こい》しかった。

父が下から大声で呼びかけたので、私の思いは途切《とぎ》れた。

「進示《しんじ》！　ぼーっとするなよ。だんだん暑うなるけ、しんどいで」

「わかっとるよ、父さん！　今やりよるけ」

私はそう答え、瓦《かわら》を剝《は》がすスピードを上げた。

「八時半までには終われえよ。そようにようけ瓦は要《い》らんけえのぉ」

再び父の声がした。確かに、私たちが仮設する便所は一・八メートル四方に過ぎない。

「まだやらんにゃいけんことは、山ほどあるんでぇ」

「わかったよ」

私はもう一度答えて、ふと、父がここまで辿《たど》ってきた道のりを思った。

父は、岡山県《おかやまけん》の中国山地のど真ん中の田舎《いなか》を十六歳《さい》のときに出た。そんな田舎では何も達成できないと思ったらしく、一人で京都へ行き、熱心に写真の勉強をしたという。父は若い頃《ころ》から芸術的才能に秀《ひい》でており、達筆でもあった。京都で撮《と》った写真は、父が書く素晴《すば》らしい字に勝《まさ》るとも劣《おと》らない品性が備わっていた。

広島には、三十歳ぐらいのときにやってきたらしい。何の目的でここに来たのか私は知らない。父はどちらかというと自由人で、早くから腰《こし》を据《す》えるタイプでもなかったのだろう。

かなり晩婚《ばんこん》で、結婚したのは三十九歳のときだった。父は私や兄に、「あの頃は貧乏《びんぼう》じゃったよのぉ。今も貧乏じゃが……はっはっは」と言う。どんな困難なときでも笑う。それが父の癖《くせ》だった。そう笑い飛ばしただけで、その続きは話してはくれない。結婚するまで京都と広島でどんなことをしていたのか、私はほとんど聞いたことがなかった。

兄と私の産みの母は千代乃《ちよの》といった。しかし二人を育ててくれたのは、この産みの母ではない。私が二歳のとき、産みの母は肺結核《はいけっかく》を患《わずら》って亡《な》くなった。私は産みの母のことを全く覚えていないが、その人がどれほど優《やさ》しく、献身的《けんしんてき》に兄と私のことを愛していたかという話は、多くの人から聞かされている。

私にとっての母は、なみ。千代乃《ちよの》の姉だった。父は、私が五歳《さい》のときに、私たちの世話をしてくれていたなみ伯母《おば》さんと入籍《にゅうせき》。以来、なみ伯母さんが私たち兄弟を我《わ》が息子《むすこ》として育ててくれたのだ。

もうすぐ八時十五分だった。なかなかはかどっているぞ、と私は思った。それから釘抜《くぎぬ》きを持った右腕《うで》を上げて額《ひたい》の汗《あせ》をぬぐおうと、顔を右へ向けたその瞬間《しゅんかん》――

ピカ！

いきなり、巨大な火の玉が私の目に飛び込んできた。大きさは太陽の五倍はあり、明るさは十倍以上。限りなく白に近い薄黄色の炎を持つその火の玉は、直撃《ちょくげき》するかのように私に向かってきて、そして――

ドン！

鼓膜《こまく》を突き破るような音が響《ひび》いた。聞いたこともないような激しい雷《かみなり》の音に包まれた。まるで宇宙が炸裂《さくれつ》する音だった。

その瞬間、私の全身を激痛が走った。バケツ一杯《いっぱい》もの熱湯を頭から注がれたような熱さが皮《ひ》膚《ふ》を焼いた。と同時に、私は真《ま》っ暗闇《くらやみ》の奈落《ならく》の底に突き落とされた。

何が起こった？

何も見えず、完全なショック状態。すべての感覚を失ってしまった。

しばらくして、自分が潰《つぶ》れた家の柱や横梁《はり》の瓦礫《がれき》の下に埋《う》まっていると認識《にんしき》した。私の身体の中で唯一《ゆいいつ》瓦礫に覆《おお》われていなかったのは、顔だった。

時間も空間もすべての感覚が麻痺《まひ》した。これは悪夢か現実か？　自分は生きているのか死んでいるのか？　動けない！

厚い埃《ほこり》が少しずつ沈殿《ちんでん》し始め、目が少しだけ暗闇に慣れてきた。とはいえ、それは左目だけのこと。左の目でしかあたりが見えない。右目は潰れたんか？　言いようのない恐怖《きょうふ》に襲《おそ》われて、思わず手を右目のあたりにやった。ぬるぬるしたものが指先に触《ふ》れた。額からひどく血が出ているようだった。

両手を動かせるだけ動かして、自分の位置を知ろうとした。まだ家の中にいるのか、それともどこか外に飛ばされたのか？

誰《だれ》の姿も見えず、声も聞こえない。見える左目を懸命《けんめい》に凝《こ》らしても、ほんの一メートルぐらい先までしか見えない。それでも、すべてのものが崩壊《ほうかい》しているのはわかったし、家具も硝子《がらす》も木の柱も、すべてが木っ端微塵《こっぱみじん》に砕《くだ》け、あたりに散乱していた。

重い瓦礫《がれき》が全身に覆《おお》いかぶさっていて、私は動くことができなかった。もしも瓦礫に埋《う》まっていなかったとしても、起き上がって動けるかどうかわからなかった。頭がくらくらし、全身の力が抜《ぬ》けていた。

そのとき、父の声が聞こえた。

「進示《しんじ》！　進示！　どこにおるんやぁー！」

私はありったけの力を振《ふ》り絞《しぼ》って叫《さけ》んだ。

「父さん！　こっち……じゃぁ！　出れ……ん……よぉ！」

私の声はしわがれて途切《とぎ》れ、とても自分の声とは思えなかった。父が瓦礫を踏《ふ》んだり跨《また》いだりして近寄ってこようとしている音がした。

やっと私のもとに辿《たど》り着いた父は、「逃げんにゃ……」と言って、必死の力で私を瓦礫の下から引っ張り出そうとした。私も数分間、崩《くず》れ落ちた家の瓦礫の下から抜《ぬ》け出そうと、四苦八苦してもがいた。

やがて、この世のものとは思えないような馬鹿力《ばかぢから》を出して、父は私を押《お》さえ込んでいた重い柱や梁《はり》をどうにか動かした。散乱した硝子の破片や棘《とげ》だらけの木材の中から、私はやっとのことで身体を出すことができた。

私の顔は固まっていた。ほとんど目も見えない。身体じゅうがひどい火傷《やけど》をしていた。生《なま》の肉が焦《こ》げるのが臭《にお》った。

右腿《もも》に刺《さ》さるような激痛を感じた。見下ろすとズボンに火がついていた。その瞬間《しゅんかん》、父は私を抱《だ》き倒《たお》して転がり、ズボンを燃やす炎をもみ消した。

背中と右腕《うで》は大火傷をしていた。右腿に想像したこともない熱が突き刺さる。まだ見える左目で自分の手や足や胸のあたりを見た。腕は皮膚《ひふ》がびろんと剝《む》けてぶらさがり、剝き出た肉に埃《ほこり》がついて、まるで戦前に母さんが作ってくれていた黄粉餅《きなこもち》のようだった。私は黄粉餅を食べたいなと何度も夢見て、恋《こい》しく思っていた。こんな状態で不思議な感じだったが、黄粉餅のような自分の腕がきれいにさえ見えた。一瞬《いっしゅん》だけ気持ちが静まった。

それも束《つか》の間《ま》、私は現実に引き戻《もど》された。

「父さん、右目が見えん！」

恐怖《きょうふ》で私はおののいた。父は両手で私の顔をじっくり触《さわ》って見た。

「大丈夫《だいじょうぶ》、まだ目玉はついとる。額からようけ血が流れて、目が見えんようになっとるだけじゃ」

あちこちから、金切り声が上がり始めた。四方八方から苦痛と恐怖と絶望に満ちた人間の声が聞こえた。皆《みな》、助けを求めて叫《さけ》んでいた。この恐《おそ》ろしい声に、父と私は言葉を失い、凍《こお》りついた表情でお互《たが》いを見た。

逃げなければ……。でも、歩くこともままならない。父が腕《うで》を私の腋《わき》の下から背に回して支えてくれ、そろりそろりと一歩ずつ瓦礫《がれき》を踏《ふ》んで進み出した。

灰と煙《けむり》に満ちた空気はどす黒く、前がよく見えなかった。見えたときには戦慄《せんりつ》が走った。すべてのものが崩《くず》れ落ちていた。見渡す限りの家が全壊《ぜんかい》し、電柱は倒《たお》れ、木々は裂《さ》けて焦《こ》げていた。おそらく住人は家の中で……。半壊《はんかい》状態の鉄筋コンクリートのビルだけが、何とか形を残していたのがちらっと見えた。あたかも私たちの町はひとつの大きな灰とごみの穴になってしまったかのようだった。

いったい何が起きたのか？　太陽が爆発《ばくはつ》したんだろうか？　吐《は》き気《け》がこみ上げてきた。

「爆弾《ばくだん》よ。ついに落としやがった。まあ、きれいにめいでくれたでぇ。屋根も瓦《かわら》も全部のぉ」

父は淡々《たんたん》とこの破壊《はかい》状態を説明し、何の動揺《どうよう》を見せる様子もなかった。

「建物疎開《そかい》の手間を省いてくれたのぉ。わっはっはっ」

私には笑えなかった。必死になって水や食べ物や、身を置く安全な避難《ひなん》場所はないのか見回してみたが、あったのは破壊と煙と炎だけだった。

とにかくこの地獄《じごく》から逃げ出したい。

「進示《しんじ》、逃げるど。急げ」。父は行動に移った。「逃げる場所はわかっとる。じゃが、まず非常用のリュックを探さんにゃいけん」と、極限状態の中でも冷静だった。

私は「わかった」と言うつもりが、もごもごと言葉がちゃんと出なかった。大怪我《おおけが》を負っていたので、父が瓦礫を持ち上げたり動かしたりして避難用品を探しているのを、ただじっと見ていた。

そのとき、大きな轟音《ごうおん》が近づいてくるのが聞こえた。大火事がこっちに向かっている。炎が姿を現す前に、臭《にお》いと音でわかった。巨大な火事が、竜巻《たつまき》のような猛烈《もうれつ》な勢いで私たちに近づいてきているのだった。

さすがに父も平静ではいられなくなった。

「どこや？　リュックはどこにあるんや？」

火事が近づいてくる。人間も含《ふく》めてすべてのものが、炎の通り道で全焼《ぜんしょう》し、灰になっていった。火に巻き込まれて叫んでいる人たちの声が聞こえる。生きたまま焼かれる肉の臭いがする。口の中は灰の味でいっぱいだった。

これこそが生き地獄だ。父が叫んだ。

「進示、もうだめじゃ。行くで！」

私は、恐怖《きょうふ》で頭の中がぐるぐる回っていた。どこへどうやって逃げようと思っているのか全く想像もつかなかったが、父には目論見《もくろみ》があるに違《ちが》いない。

「栄橋じゃ」

父はそう言って、私の腕《うで》を掴《つか》んだ。栄橋はいちばん近くの橋だ。鉄筋コンクリートで出来ている。この界隈《かいわい》で、あの爆発《ばくはつ》に耐《た》えてまだ残っているものがあるとすれば、それは栄橋以外に考えられない。

私たちの家は栄橋からほんの八十メートルぐらいのところにあったが、辿《たど》り着くまでには相当な時間がかかりそうだった。視界は灰と埃《ほこり》から成る分厚い霧《きり》のような空気で遮《さえぎ》られていた。私の額からはひどい出血が続いたうえ、右目は見えないままだった。そこらじゅうに燃え上がる小さな炎をよけて通らなければいけなかった。

私たちは倒《たお》れた電柱や電線を這《は》うようにしてくぐり、棘《とげ》や釘《くぎ》だらけの瓦礫《がれき》を踏《ふ》んでよろよろと進んだ。私の素足《すあし》に皮膚《ひふ》はなかった。右半身も同じだ。

全身に激痛が走った。が、私も父も、痛みなど気に留《と》めている余裕《よゆう》はなかった。とにかく栄橋に辿り着かなければいけない。さもなくば、二人ともどんどん近づく獣《けもの》のような炎に呑《の》み込まれてしまう。

周りでは、隣人《りんじん》たちも必死に重症《じゅうしょう》の身体を引きずっていた。父とあまり年齢《ねんれい》の変わらない老人が血だらけの女性を背負《せお》っていた。その女性は背中に硝子《がらす》の破片が刺《さ》さっていて、ハリネズミのようだった。動ける怪我人《けがにん》はもっと重症の人たちを背負って、何とか安全な場所へ移動させようとしていた。

地面から、掠《かす》れた呻《うめ》き声や叫《さけ》び声がいくつも湧《わ》き上がっていた。

「助けて、助けて」

「水を……」

それらの中に、励《はげ》ますような声も混じっていた。前進し続けるよう励ましていたのだ。

やっとの思いで栄橋に辿り着いた。橋はまだ架《か》かっていた。百人ほどの怪我人の群れがすでにおり、さらに数百人が橋と川に向かってよろよろと進んでいた。

見渡す限り、男も女も目をそむけたくなるようなひどい火傷《やけど》に全身を覆《おお》われていた。私は目を大きく開いてそこにいる人を数えようとしたが、数えられなかった。

大殺戮《だいさつりく》の光景から目をそらしたかった。だが、それは無理だ。どこもかしこも大怪我と大火傷をした人たちが血だらけで泣き叫び、助けを求めて手を伸《の》ばしていた。焼けただれた死体の山が私の瞼《まぶた》に焼きついた。

「何が起こりよるん？」と父に訊《き》いた。

父はただ首を横に振《ふ》って「あっちへ行くで」と言った。川の手前に群がる人々を指差しながら。私たちは何とか泉邸《せんてい》の裏にあたる川岸に辿り着き、地面に隙間《すきま》を見つけた。木の陰《かげ》に座ることができた。

ほっとしたのも束《つか》の間《ま》、次の瞬間《しゅんかん》、誰《だれ》かが叫《さけ》んだ。

「火じゃ！　火が来よる！　川に入れ！」

父は私を引っ張り上げるようにして立たせた。全身のうち唯一火傷《ゆいいつやけど》を免《まぬか》れた左腕《うで》をぎゅっと握《にぎ》って、父は私をしっかりと支えた。三メートル先の川岸へと足を地面に摺《す》り寄せるようにのろのろと進んだ。一歩踏《ふ》み出そうとするたびに、私の全身は鉛《なまり》のような重さで動くのを拒《こば》む。父に抱《かか》えられたような形で、私は無理やり水の中へ入っていった。皮膚《ひふ》はもうほとんど残っていなかった。私は心身ともにマヒ状態だった。

2　二匹の化《ば》け物

対岸の大須賀町《おおすがちょう》に轟々《ごうごう》と燃え上がっている巨大な炎は、まるで大蛇《だいじゃ》のように身をくねらせながら進み、行く先にあるすべてのものを呑《の》み込んでいた。空は見えず、どす黒く巻き上がる煙《けむり》が天を突く柱となり、燃え盛り飛び散る炎とともに川面《かわも》に映し出された。それは、黒い煙と赤い炎、赤と黒だけで描《えが》かれた地獄絵《じごくえ》のように見えた。

ちょうど満潮の時刻で、京橋川は、岸の近くでも水深が一メートルほどあった。そこへ、逃げてきた何百人、いや何千人もの人々が、我先にと身を躍《おど》らせた。うつぶせになった死体がすでにあちこちに浮かんでいた。

瀬戸内海《せとないかい》へと下っていく川の流れはゆるやかだった。普段《ふだん》なら、川の中に立つことは造作もない。しかし、大怪我《おおけが》や大火傷で力も尽《つ》きて飛び込んだ人たちにとっては、足を踏ん張って水中に立ち続けていることは難しかった。しかも、殺到《さっとう》した大勢の人間がぶつかり、押《お》されたりするのだから、水中に引きずり込まれないようにするのに必死だった。父と私はお互《たが》いにしがみつき、ほとんど残っていない力を必死に振《ふ》り絞《しぼ》って、水に完全に浸《つ》かってしまわないように踏《ふ》ん張った。

バランスを失って込み合った水面に浮かび、流れ出す人がたくさんいた。その多くはお年寄りだった。また、重傷のせいで水面下に沈《しず》んでいかざるを得ない人も多かった。周囲の人があれよあれよという間に倒《たお》れて、死体とともに流れ出していく。腕《うで》を伸《の》ばして摑《つか》んで助けたかったが、私たち自身にもほとんど力が残っていない。ただ見ていることしかできなかった。

「ごめんなさい。ああ、本当にごめんなさい」

流れていく人たちに、私は泣きながら謝《あやま》った。

「許してください。助けてあげられん」

何度も何度も謝る私の腕をぎゅっと摑んで、父は静かに言った。

「今は自分のことだけ考えぇ。それしかできん」

どれくらいの間そうしていたのか、わからない。一時間のように感じたが、十分ぐらいだったかもしれない。ある瞬間《しゅんかん》、身体のあちこちが疼《うず》きだしたのに気づいた。衰《おとろ》えを知らぬ対岸の炎は脅威《きょうい》だったが、川を飛び越《こ》えてくる気配はなかったので、父と私は、這《は》うようにして岸に上がった。

周囲にあるのは、混沌《こんとん》、苦痛、ヒステリー以外の何ものでもなかった。赤《あか》ん坊《ぼう》が、まるで何事もなかったかのように横たわった母親の乳を吸っている。黒焦《くろこ》げの火傷《やけど》をした女性が裸《はだか》同然で倒れている。ひどい火傷で背中が膨《ふく》れあがり、河馬《かば》のようになった年寄りがうつぶせに倒れている。

雑踏《ざっとう》の中に女の人が一人、立ちつくしていた。髪《かみ》の毛は逆立ち、幽鬼《ゆうき》のような顔で宙を見つめ、金切り声をあげている。

「子供が……子供が……子供が……助けられんかった……」

彼女は泣きじゃくっていた。

「火がどんどん来て……子供をよう助け出さんかった……我《わ》が子を見殺しにしたんですぅ」

その声に戦慄《せんりつ》を感じていると、女性の顔色がさっと変わった。

「ああ、どうしようかぁ。市役所へ子供の死亡届を出しに行かんにゃいけん。どうやって市役所まで行ったらええんか……。まともに歩けもせんのに……。叱《しか》られて大事じゃあ」

驚《おどろ》いたことに、こうした地獄絵図《じごくえず》のまっただなかにあっても、私たちは政府の定めに従えないことを恐《おそ》れていたのだ。

父は、何か言葉をかけてあげたいように見えた。だが、無言のまま目をそむけた。我が子をこんなかたちで失った母親に、一体どんな言葉が慰《なぐさ》めになるというのか……。

川岸には、市内の至るところから逃げてきた人たちが身を寄せていた。どの人たちも、自分たちの地域だけが爆撃《ばくげき》を受けたのだと思い込んでいた。

「ここまで来たら空襲《くうしゅう》におうとらん思うたのに……。じゃけ、必死でやってきたのに……」

こういう声がそこかしこからあがるのを聞いて、私は、広島市全部がやられたに違《ちが》いないと思った。その瞬間《しゅんかん》、圧倒的《あっとうてき》な絶望感が襲《おそ》ってきた。想像を絶する最悪の事態だ――。

しかし、これで終わったわけではなかった。

川の向こう岸では、空低く、暗い雲が不気味に停滞《ていたい》していた。大きな雷雲《らいうん》のようだった。その不気味な黒雲は巻き上がる速度を増していき、地上から埃《ほこり》を吸い上げていった。渦巻《うずま》いた雲は天に向けて急速に伸《の》び、高さ二十メートルもある竜巻《たつまき》となって、次々に地上のものを破壊《はかい》していった。家の残骸《ざんがい》も壊《こわ》れた家具も、そして川の水までも吸い上げていた。

真っ暗な化《ば》け物が向かってくる。

こちら側にいた者は、全員が倒《たお》れ込むように地面に突っ伏《ぷ》し、できるだけ平らになった。摑《つか》めるものは何でも摑んだ。木を摑んだ者、互《たが》いを摑んだ者。父はじっとうつぶせで、私の手をしっかりと押《お》さえていた。

漏斗《ろうと》の形になった竜巻が、瓦礫《がれき》を雹《ひょう》のように降らせた。人々の叫《さけ》び声が、竜巻の轟音《ごうおん》に呑《の》み込まれていく。この押し迫《せま》る巨大な龍《りゅう》に呑まれずに助かることなどあり得ない。

そのとき、渦巻く怪物《かいぶつ》は私たちのすぐ手前で川岸に当たった。暴風と瓦礫の真っ暗なトンネルは向きを変え、上流のほうへ動き出した。

助かった。

私が大きな溜息《ためいき》をつくのと父の手の力がゆるむのが、ほぼ同時だった。

しばらくぼーっとへたり込んでいると、ボタッ、ボタッと大粒《おおつぶ》の黒い雨が降ってきた。雨粒《あまつぶ》というより、泥《どろ》のような混じり物のある黒い粒が、身体じゅうに降りかかった。

陽《ひ》が沈《しず》む頃《ころ》には大火事も竜巻もおさまっていたが、巨大な二匹の化け物が通り過ぎた広島の町は、完全な廃墟《はいきょ》となっていた。

夜の闇《やみ》が降り、父と私は川岸の木のそばを離《はな》れてゆっくりと泉邸《せんてい》のほうへ移動した。皆《みな》もその方向に動いていたので、その集団に合流して。頭を重く垂れ、ぼろぼろになった身体を引きずり、百五十メートルほど先の庭園へと。全身に激痛が走り、足は瓦礫でずたずたに裂《さ》かれ、私はそろりそろりとしか動けなかった。

泉邸に着いたのは、夜も遅《おそ》くなってからだった。昨日までは夏の花で色とりどりだった庭園は、砂利《じゃり》と黒焦《くろこ》げのゴミ溜《た》めのようだった。木々は、竜巻に天まで吸い上げられたうえで地上に投げつけられていた。

泉邸《せんてい》は逃げてきた人たちでいっぱいだった。父と私は、地面に小さな隙間《すきま》を見つけて横になった。私は疲労困憊《ひろうこんぱい》だったが、うとうとすることもできなかった。身体じゅうの神経に火がついたような痛みに襲《おそ》われていた。

「父さん、わしら、これからどうなるんじゃろうか?」

父は答えなかった。二人とも、その晩はそれ以上ひと言も口にしなかった。ただただ暗闇《くらやみ》の中で横たわっていた。

空を見上げても、ひとつの星も見えなかった。まるでたった二人だけで、真っ暗な長いトンネルの中にいるかのようだった。トンネルの向こうに灯《あか》りは見えなかった。

私の人生の中で最も長い夜だった。

3 恐怖《きょうふ》

翌朝早く、動ける者たちは泉邸を出て、さまざまな方角へと歩いていった。動き出す元気のない者、動きたくても動けない者たちは、その場でぼーっとしていた。周りの空気がどんよりしていた。

私たちもじっとしていた。なにしろ、一睡《いっすい》もできなかったのだから。父は何度も起き上がっては川へ行き、両手に水を溜《た》めて持ってきて、私に飲ませてくれた。たぶん黒焦《くろこ》げの火傷《やけど》のせいだろう、私は信じられないほど喉《のど》が渇《かわ》いていた。

そのうち、どこからともなく、東練兵場《れんぺいじょう》で軍が怪我人《けがにん》の手当てをしているらしいという話が聞こえてきた。そこで私たちは、東練兵場へ行くことにした。何らかの治療《ちりょう》を受けなければならないし、もしかしたら友人や隣人《りんじん》に会えるかもしれない。ほかにも誰《だれ》か知った人が生き残っていると思いたかった。

そう考えた人は大勢いたらしい。泉邸《せんてい》を出ると、広島駅の北側にある東練兵場《れんぺいじょう》に向かう人の群れができていて、私たちもそれに加わった。

東練兵場へ行くには、栄橋を渡らなければならない。しかし橋の上は、倒《たお》れた人で埋《う》まっていた。大火傷《おおやけど》を負った人たちが、まるで天から落とされたかのようにうつぶせに横たわっていた。その多くはすでに死んでいた。なかにはまだ息がある者もところどころに見られたが、いずれも生死の境をさまよっているのは明らかだった。

橋を渡ろうとして、父は立ち止まった。

「すごい人じゃ。渡れるんか……」

私も同じことを思った。それでも、渡るしかない。足の踏《ふ》み場もないほど折り重なった人々の間を、身体を踏んだりしないようにと注意しながら、一歩ずつ、ゆっくりと進んだ。

どんなに注意を払《はら》っても、足を置くごとに誰《だれ》かの腕《うで》や身体の一部に当たってしまう。すると突然に呻《うめ》き声が上がって、飛び上がりそうになる。ハゲタカにでもなったような気分だ。

橋を渡ろうとする私たちは、倒れている人たち全員を見殺しにしなければいけない。激痛が続き、立ち止まることはできない。残っている力のすべてを絞《しぼ》り出して、片方の足をもう片方の足の前にやる。私の焦《こ》げた足の裏は、燃えるように痛かった。足の裏に皮膚《ひふ》が残っていない。その足では、ちゃんと踏みしめることができない。

目の前に、女物の下駄《げた》がコロンと転がっているのが見えた。何も考えずに拾おうと手を伸《の》ばすと、そばに倒れていた女性が指をほんの少しだけ動かした。

「私……の……です」

かすかな息で言う。私はあわてて手を引っ込めた。

「ご、ごめんなさい。知らなかったんです」

ひどい罪悪感にかられ、その下駄をそろえて女性の手が届くところへ置いた。だが、その女性がこの下駄を履《は》くことは、二度とないだろう。私は自分のやったことにおののき、頭をますます低く垂れて彼女のそばを離《はな》れた。

もうすぐ橋を渡り切ろうかというところで、小さな男の子が、それとわかる形を残して炭になっていた。うっかり触《ふ》れでもしようものなら、さらっと崩《くず》れ落ちそうだった。暖炉《だんろ》に残された、くすぶる薪炭《しんたん》のように。

やっとのことで東練兵場に辿《たど》り着いた。

そこは一キロ四方もあろうかというだだっ広い原っぱで、有刺《ゆうし》鉄線に囲まれていた。昔は田畑だったが、一八九〇年に、軍部が訓練場としてこの土地を押《お》さえた。

私には懐《なつ》かしい場所だった。小さい頃《ころ》は、明るい日差しのもと、長く伸《の》びた雑草の中でよく遊んだものだ。色とりどりの凧揚《たこあ》げもした。コオロギやバッタをはじめ、いろいろな昆虫《こんちゅう》を捕《つか》まえもした。

ある午後、私は飛んでいるトンボを摑《つか》もうと夢中で走り、下駄《げた》が脱《ぬ》げてしまった。トンボを捕まえたはいいが、脱げた下駄は背の高いぼうぼうの草の中でどこにあるかわからなくなってしまい、暑い中を喉《のど》をカラカラにしながら探してやっと見つけた。これで父さんに怒《おこ》られないで済むと、ほっとしたことを覚えている。

私は、帝国《ていこく》陸軍の民間人電気工として、この東練兵場《れんぺいじょう》の東の端《はし》にある尾長《おなが》小学校に置かれた第二総軍築城部《ちくじょうぶ》に勤めていた。毎日、職場からこの空っぽの広い野原が見えていた。

そんな光景は、まるで別次元の別世界のように感じられた。今、東練兵場には人がひしめいていた。その多くが、もはや立ち上がることもできず、這《は》いつくばっているのだ。こんなにも多くの怪我人《けがにん》がいるのに、本当に治療《ちりょう》が受けられるのだろうか。

列が何本もできている。その先には治療テントか何かがあるのか、よく見えなかった。

私は、ある列の最後尾《さいこうび》についた。父は私の後ろだった。二人とも、ひと言も発さずに座り込んだ。太陽がじりじりと照りつけ、皮の剝《む》けた私の身体を直《じか》に焼く。だだっ広い野原には、木陰《こかげ》も何もなかった。私の前には何百人も並んでいた。気がつくと、いつのまにか私の後ろにも同じぐらい並んでいた。

私はほとんど動けなかったが、長い列の先に何があるのか、座ったまま首を長く伸ばして一生懸命《けんめい》見ようとした。白い医療《いりょう》用のテントなど、何でもいいからちゃんとした救護《きゅうご》の兆《きざ》しを見つけてほっとしたかった。しかし、そんなものは一切《いっさい》見えなかった。

いつまでも、いつまでも待ち続けた。ときどき、ほんの何十センチか這って進みながら。地面に倒《たお》れ込み、まるで糊《のり》で貼《は》りつけられたかのように動けなくなった人もいた。力尽《つ》きて這うことさえできず、治療を受けることもできずに死の淵《ふち》へと滑《すべ》り落ちていくのだった。

「自分もそうなるんだ」

私はあえぎながら思った。暑い。熱が容赦《ようしゃ》なく水ぶくれを膨《ふく》らませ、強い日差しのせいで、まるで針だらけの玉に何度も何度も突かれているかのように感じた。

私は水のことばかり考えていた。水が舌の上に滴《したた》り、喉の奥へと流れ落ち、身体の表面を冷ましてくれたら……。水、ああ、誰《だれ》か水をくれたら……。せめて古い新聞紙でもいいからほんの少しだけ日陰《ひかげ》をつくってくれたら……。

何時間も経《た》ったが、状況《じょうきょう》は変わらない。しわがれ声が、誰にともなく訴《うった》えかけていた。

「お願いじゃあ、頼《たの》むけえ。私の番はまだ？　あとどんぐらい？　怪我を診《み》てやってつかぁさい。暑さで死にそうじゃ」

父は淡々《たんたん》と「前へ進め」と言って、私を押《お》した。私は、頭に鳴《な》り響《ひび》いている死に行く人たちの声を、父のきりっとした声色《こわいろ》と落ち着いた態度でかき消そうとした。

ついに列の先頭まで来た。

ところが、救護所《きゅうごしょ》らしきものは何もなかった。治療施設《ちりょうしせつ》も、ベッドもない。医者もいなければ、抗生《こうせい》物質の注射も、痛み止めの注射もない。何にもない。暑さを遮《さえぎ》る日陰《ひかげ》さえなかった。

長い列の前には、途方《とほう》に暮れたような顔をした衛生兵《えいせいへい》が二、三人いるだけだった。この状況《じょうきょう》で最低限の治療をすることさえできず、ただ困惑《こんわく》している衛生兵が。

振《ふ》り向いて父の顔を見れば少しは安心するかと思ったが、首がうまく動かなかった。仕方なく、そのまま衛生兵に向かって身体をずらすように動かした。衛生兵は私を地面に座らせた。顔、腕《うで》、脚《あし》……何もかもが腫《は》れあがっていた。こんなひどい火傷《やけど》の治療についての知識はないのだろう。衛生兵は、空っぽの表情で私を見据《みす》えた。そして火傷に赤チンをつけた。焼けただれて剝《む》けた生身《なまみ》に赤チンがしみて、ブスッと刺《さ》すような激痛が走った。しかし私には、声をあげる気力さえなかった。ただひたすら欲しいのは水だった。

驚《おどろ》いたことに、そんな簡単な処置でもちょっと楽になった気がした。もう炎天下で待たなくていいという、安堵《あんど》のせいだったかもしれない。いずれにせよ、この悪夢の中で初めて、ちょっとだけ希望を感じたのだ。

父のほうを振り向いて、この気持ちを伝えようとした。

「父さん、ちょっと気分が……」

私は言葉を失った。父がいない。ずっとすぐ後ろにいるものだとばかり思っていたのに。

「父さん！　どこにおるん？」

思わず叫《さけ》んだ。恐怖《きょうふ》におののき、頭が割れて崩《くず》れそうだった。ほとんど動けなかったはずの私は、パニックで身体を無理やり押し上げるようにして立ち、歩き始めた。

東の國前寺《こくぜんじ》から西の広島東照宮《とうしょうぐう》まで、気が狂《くる》ったように父を探した。転びそうになりながら歩き回った。恐怖があまりに強くて身体の激痛は忘れてしまっていた。私は、まるで迷子になった小さな子が一心不乱に親を探すように泣き叫んでいた。

練兵場《れんぺいじょう》を横切るのは難儀《なんぎ》だった。動くたびに、そこらじゅうに倒《たお》れて死にゆく人たちが「水をくれ」と脚を摑《つか》んで、放そうとしない。私はその手を、自分の脚からもぎ取るようにして進む。「ごめんなさい」と何度も何度も謝《あやま》りながら。

父と離《はな》れ離《ばな》れになってたった一人きりになるという恐怖で、私は正気を失いそうだった。

「あり得ん！　一人？　一人ぼっち？　嘘《うそ》じゃろうぉ。嫌《いや》だ、嫌だ、嫌だ。父さん！　置いて行かんとってぇ！　どこにおるん？」

誰《だれ》も助けてくれる人はいない。誰も父のことは知らない。

私は倒《たお》れてしまった。もう死にたかった。死んでいる人たちが羨《うらや》ましかった。

倒れたまま、早く死なないかと待ってみた。すると不思議なことが起こった。私の身体の奥底から、神がかりのような力が湧《わ》き出たのだ。まるで何かが乗り移ったような力が。

私は再び起き上がり、父を探し回った。どれくらい時間が経《た》ったかもわからない。数分か、いや数時間か。力尽《つ》き、もはや一歩も動くことさえできない。疲《つか》れ果てた。

「父さん、どこにおるん？」

ぶつぶつ口ごもりながら木の幹に寄りかかり、それから地面にずり落ちた。

「進示《しんじ》！　進示！」

私の名を呼ぶ声が聞こえた。最初は耳を疑った。父さんの声？　それが現実の声なのか、それとも絶望が作り出した幻聴《げんちょう》なのか、区別がつかなかった。すべてが虚《うつ》ろで、二度と覚めることのない悪夢を見続けているようだった。

三メートルほど先に、見覚えのある姿が横たわっているのが目に入った。父だった。本当に父だ。

「どこ行っとったんね？」

私は父のほうに向かって必死に這《は》い、声を大きくした。痛みなどは全く感じなかった。どこからともなく力が湧いてきたのだ。辿《たど》り着くと父にしがみつき、大泣きになった。

「父さん！　どうして一人にしたんねぇ。もうどっこも行かんとってぇやぁ！」

何千人、いや何万人かもしれない雑踏《ざっとう》の中で父と再会できたのは、奇跡《きせき》としかいいようがなかった。なんと幸運なんだろう。こんな日にこんなところで幸運を感じることになるとは。

地面に一緒《いっしょ》に横たわったまま、父が説明した。列に並んでいる間、私の知らないうちに父は気を失ったのだという。たまたま通りかかった警官が何かの注射を打ち、かなり離《はな》れた木陰《こかげ》に運んで休めるようにしてくれたのだそうだ。意識が戻《もど》ってから、息子《むすこ》とはぐれたことに気がついたという。

「もぉ、心配したんじゃけぇ！」

目から涙《なみだ》が溢《あふ》れた。私は申し訳ない気持ちでいっぱいだった。すぐ後ろで父が倒れていなくなる前に、気づくべきだったのに。自分の治療《ちりょう》をしてもらいたいことばかりで頭がいっぱいだったのだ。

この頃《ころ》にはもう、陽《ひ》が沈《しず》みかけていた。私は父のそばに横たわったまま、眠ろうとした。やがて暗闇《くらやみ》がやってきて、ほうぼうから水を欲しがって呻《うめ》く声が聞こえた。歩く者がいると誰かの手が伸《の》びて脚《あし》を摑《つか》まれ、「水を……水をください」と懇願《こんがん》された。助けを求める声があたり一面にこだまして、私はその声と、また父がいなくなったらという恐怖《きょうふ》におののいて、ほとんど眠れなかった。

ときどき「父さん」と声をかける。すると、「ここにおるで、進示《しんじ》。心配すな」と父が疲《つか》れた声で答える。私は安心して、ほんの数分だけうとうととする。はっとして目が覚め、まだ父がそばにいることを確かめる。これを何度も繰《く》り返しているうちに、いつの間にか朝日が昇《のぼ》ろうとしているのに気づいた。

「朝？」

私は、ぼんやりした頭で呟《つぶや》いた。丸二日間の痛み、渇《かわ》き、疲労《ひろう》で混乱していた。自分がどこにいるのか、今が昼なのか夜なのかもよくわからなかった。

父を呼んだ。

「ここにおる、進示。心配せんでえぇ」

すぐに父は答えた。

「お願いじゃけ、もう置いて行かんとってよ」

私は懇願《こんがん》した。父はそれには答えず、ただ軽く私の手を握《にぎ》った。言葉ではなく、簡単な動作で気持ちを伝えるのが、父のやり方だった。

私は、身体を動かすのがますます困難になってきた。いったん横になると、首を回すこともできない。頭はそのままで、目玉を動かして周りを見ようとした。

父に、今自分たちはどこにいるのか訊《き》いてみた。

「東照宮《とうしょうぐう》の石段の下よ」

位置がわかって、ちょっと気が楽になったような気がした。ところが、それも束《つか》の間《ま》、父は石段の上の境内《けいだい》を指差して、強い声で言った。

「進示、上るど」

はあ？　父は気が触《ふ》れてしまったのか？　なぜここで、じっとして休まないのか？

「つべこべ言うな。上るんじゃ」

父は、きっぱりと言った。

「でも父さん、無理じゃ。僕《ぼく》は動けんよ」

「助けちゃる」

そう言って、父は弱った自分の腕《うで》を私に差し伸《の》べた。

なぜ父が東照宮の上に行こうとするのか、私には見当すらつかなかった。説明したくもない様子は明らかだった。

もう昼頃《ひるごろ》だったか、私は父の助けを借りて重い身体を引きずり、馴染《なじ》みのある石段を一歩ずつ上り始めた。

4 悪魔《あくま》

天辺《てっぺん》までは五十段ほどあっただろうか。苦闘《くとう》の末に辿《たど》り着いた境内《けいだい》は人影《ひとかげ》もまばらで、下の練兵場《れんぺいじょう》のごった返しとは天と地ほどの開きがあった。おそらく爆風《ばくふう》のせいだろう、東照宮《とうしょうぐう》の建物は半壊《はんかい》していたが、裏が日陰《ひかげ》になっているのが見えたので、父と私はそこに入り込み、地面に横たわって休んだ。

目を閉じると、ほんの一瞬《いっしゅん》、普段《ふだん》の穏《おだ》やかな日曜の午後のように感じられた。父と二人で縁側《えんがわ》に座り、くつろいでいる——と思う間もなく、激しい痛みが身体のあちこちから湧《わ》き上がってきた。皮が剝《む》けて腫《は》れあがった腕《うで》、ずきずきする脚《あし》、頭と脇《わき》には刺《さ》すような痛み……。決して縁側でのんびりしているわけではないと、それらが教えてくれた。

八月八日水曜日。爆撃《ばくげき》から二日が経《た》っていた。

お宮の裏でしばらく休憩《きゅうけい》して、三時頃《ごろ》だったろうか、父がまた衝撃的《しょうげきてき》な決断をした。

「上柳町《かみやなぎちょう》へ帰るど」

意味がわからなかった。家には何も残っていない。いや、家そのものがあるはずがない。なのに、いったい何のために？　やっとここで、少しばかりの安らぎを見つけたというのに。

「父さん、お願いじゃけ、ここにおろうやぁ」

私が頼《たの》み込むと、父は珍《めずら》しく怒鳴《どな》り声を出した。

「うるさい！　ここにおっても、ただ死ぬのを待つだけじゃ。水もなけんにゃ、食べるもんもない！」

私は、このお宮の本堂の裏で、静かにじっとしていたかった。もう死ぬ覚悟《かくご》はできていた。今さら何のために生き延びようというのだ？

「あきらめようじゃの、考えどもすんな」

まるでこちらの弱い心を読んだかのように、父はぴしゃりと言った。それから私の身体に手を回して、立たせてくれた。

私たちは本堂の裏から出て、石段の天辺まで来た。上柳町に戻《もど》るには、まずこの石段を下りなければならない。

これを全部下りることなど、私にはとても考えられなかった。身体は鉛《なまり》のように重く、火傷《やけど》はとっくに我慢《がまん》の限界を越《こ》えていた。もう一歩たりとも動きたくはない。頭に浮かぶのは、こんなにたくさんの石段を下りるぐらいなら、ここで死んだほうがましだということばかり。

「進示《しんじ》！　また、わりいこと考えよるじゃろうが！」

またもや父が怒鳴《どな》った。その声は私を震《ふる》えあがらせた。もうこの地獄《じごく》を終わりにしたい、たとえ自分の命が終わっても――などと本音を言える雰囲気《ふんいき》ではなかった。

私は父に支えられたまま、長い石段をよろよろ下り始めた。左脚《あし》はまだ右脚よりしっかりしていたので、まず左脚を一段下ろし、少し休む。それから焼けただれた右脚を、無理やり引っ張り下ろす。そしてまた、ひと息……。残り少ない力が湧《わ》いてくる瞬間《しゅんかん》を待っては、それを繰《く》り返した。

ほんの三日前、爆撃《ばくげき》の前なら、こんな階段はなんてこともなかった。二段跳《と》びで何の苦もなく駆《か》け上がったりしていた。それが今は、一段下りるのに優に一分以上かかった。

あと十段ほどで下り切るというときだったろうか、二人の兵士が目の前に立ちはだかった。二十代前半のように見える。腰《こし》から日本刀と銃《じゅう》を下げている。彼らは両腕《うで》を広げ、三途《さんず》の川の鬼《おに》のように通せんぼをした。

「こっから先は駄目《だめ》だ！」

一人が怒鳴った。悪魔《あくま》が乗り移ったかのような形相で。

「はあ？　これしか下りる道はないじゃろうが！」

父が呆《あき》れ声で言い返した。

「境内《けいだい》の脇《わき》に坂がある」

そう言って、もう一人が、倒《たお》れた木々や瓦礫《がれき》で埋《う》まっている急な坂を指差した。

「無茶苦茶《むちゃくちゃ》言うな！　わしの息子《むすこ》を見てみい。この大火傷《おおやけど》が見えんのか。この身体であよな坂が下りられるわけないじゃろうが」

彼らは一瞬《いっしゅん》たじろいだ。もしかしたら同情して通してくれるかもしれないと思った。

しかし、急な坂を指差した兵士が気を取り直し、吐《は》き捨てるように言った。

「うるさい！　この通路を守れと命令されとる。ねずみ一匹でも通すわけにはいかん！」

「おまえら目が見えんのか？　周りをよう見渡してみい！　守るいうて、なんも残っとらんのに、何を守る言うんじゃ？　そがぁな命令なんぞクソ食《く》らえ！　お前ら日本の兵隊じゃろうが。ほんなら、日本国民を守るのがお前らの義務じゃろう！」

父が負けずに大声を出したとき、その兵士は足を踏《ふ》み出し、父のベルトに日本刀を当てた。

「命が惜《お》しゅうないんか？」

そう言って脅《おど》し、父の顔に唾《つば》を吐きかけた。

年長者にこんなひどい仕打ちをするなんて考えられなかった。こいつらは正義の冑《かぶと》をまとった悪魔《あくま》か？　爆撃《ばくげき》が何もかも狂《くる》わせてしまったのか？　人間の身体だけじゃなく、魂《たましい》まで破《は》壊《かい》されたのか？

父は怖《こわ》いもの知らずでもあった。もし一人でこの石段に立っていたなら、こんな若造《わかぞう》の兵士にコケにされて引っ込むことなどあり得ない。命より栄誉《えいよ》のほうを重んじる人だったから、たとえ殺されたとしても突き進んだだろう。

しかし、父は引き下がった。自分の栄誉よりも息子《むすこ》を守ることを優先したのだ。

「わしらがここへ先に上がっとったんじゃ。お前らがあとから来たんじゃろう？　境内《けいだい》へ上がらせん言うんならまだわかるが、下りさせんいうのは意味がないじゃろう」

父は落ち着いた声で言った。それでも、悪魔と化した兵士が口をそろえて「黙《だま》れ！」と怒鳴《どな》ると、父は歯を食いしばり、拳《こぶし》をぎゅっと握《にぎ》り締《し》めたまま、振《ふ》り向いて私を見た。感情を完全に抑《おさ》えていた。その視線は私の身体を通り抜《ぬ》けるようだった。

「上がるど」と、父は言った。「言うとおりにせえ。上がるんじゃ」

私は、ここまで下りるのに使った労力と苦痛を思った。これをまた上がるのにどれだけの苦痛が伴《ともな》うか、考えただけで凍《こお》りつきそうだった。しかし、ほかに選択《せんたく》の余地はない。父の言うことを聞くしかなかった。

私たちは天辺《てっぺん》へ向けて、四十段もある石段を上り始めた。一トンもあるのではないかというぐらい重い身体を、ゆっくりと引きずり上げた。痛みは容赦《ようしゃ》ない。だが、今味わった屈辱《くつじょく》と不当は、もっと耐《た》え難かった。

私の頭の中を疑問が渦巻《うずま》いていた。いったい何を守るというのだ？　誰《だれ》がそんな命令を下したんだ？　何のために？　こいつらはどこから現れた？　何で助けようとしないんだ？

答えなどどこにもないのはわかっていたが、自問し続けるしかなかった。なんで、こいつらは、何の意味もなしにここまで残酷《ざんこく》にならなきゃいけないのか？

天辺まで戻《もど》るのにどれだけ時間がかかったかわからない。やっと上り終えると、今度は脇《わき》の坂道まで、腫《は》れあがってずたずたになったこの身を引きずって行かねばならない。

「くたばりやがれ！　老いぼれ！」

後ろで叫《さけ》ぶ声がした。私は耳を疑ったが、父は振り向きもしない。

「馬鹿《ばか》たれが。見とる暇《ひま》はあっても手伝う暇はないんか」

低い声でそう言い、私の顔に衝撃《しょうげき》と怒《いか》りが貼《は》りついているのを見て付け加えた。

「気にすな。行くど」

父は私の手を強く引っ張った。怒りをこらえているのがよくわかった。

東照宮《とうしょうぐう》の横の坂道には馴染《なじ》みがあった。子供の頃《ころ》はよく、ここへどんぐりを拾いに来ていた。五十とも百ともつかぬ鳥居が、境内《けいだい》までの狭《せま》い坂道にアーチのように立っていたことを思い出した。

坂道の上に辿《たど》り着いて下を見たとき、私の心臓は止まるかと思った。何十もの鳥居は爆風《ばくふう》で木《こ》っ端微塵《ぱみじん》になっていて、長い坂道は、折れたり裂《さ》けたりした木で覆《おお》われていた。棘《とげ》だらけ、錆《さ》びた釘《くぎ》だらけ、大小の茨《いばら》のような木でいっぱいだったのだ。

「嘘《うそ》じゃろ。通れんよ」

坂道はほんの数十センチの幅《はば》しかなく、鳥居の破片で完全に覆われていた。以前は宮に参る者たちを穏《おだ》やかで神聖な地へ案内するかのごとく、誇《ほこ》り高く坂道に立ち並んでいた鳥居。それが今となっては、地獄《じごく》の迷路《めいろ》を形作っているとしか言いようがなかった。

とはいえ、ほかに抜《ぬ》け道はない。足の踏《ふ》み場を少しでもつくって進みやすくしようと、私たちはできるだけ裂けた木の破片を手で退けた。すでに私の両手は化《ば》け物のように腫《は》れあがっており、強張《こわば》っていた。この世のものとは思えない激痛が走る。ありもしない通路を私たちは一センチずつ進んでいったが、有刺鉄線《ゆうし》や剃刀《かみそり》のような木の破片が、動くたびに生身《なまみ》を切り裂き削《けず》り取った。

「駄目《だめ》じゃ、もうできんよ」

私は、泣きべそをかきそうになりながら言った。

「止まるな、進示《しんじ》。動き続け」

この二日間、父は何度こう力強く言ったかわからない。でも今は、さすがに父の声にも張りがなくなったように感じられた。父もかなり弱ってきている。

私は動き続けようと決断し、這《は》いつくばるようにして一センチずつ下りていった。六十メートルくらいの道のりが一キロぐらいに感じられた。激怒《げきど》、憤《いきどお》り、苦痛、苦悩《くのう》。これらすべてが私の中で渦巻《うずま》いていた。

動くたびに、自分の肉がむしりとられるようだった。身体のどの部分がいちばん傷《いた》むかもわからないほど、あちこちに激痛が走る。生身が削《そ》がれるたびに、どうすることもできない金切り声が口から出る。

「動けんよ、もう一歩も」

もう駄目だ、耐《た》えられない。目から涙《なみだ》がぼろぼろ落ちた。

「お願いじゃけ、もう死なしてぇ。こよな痛みに耐えんにゃいけんぐらいなら、死んだほうがましじゃ。一生のお願いじゃけぇ！　喉《のど》が渇《かわ》いてもう動けん。動きとうない」

「死にたいじゃと？　軽々しゅう言うな」

私がこんなに絶望していても、父はあきらめることを絶対に許さなかった。

「この坂のふもとには小川がある」と、父は私に思い出させてくれた。「そこで水が飲めるけ。進示《しんじ》、お前ならできる。たとえどうよに痛みがひどうても、お前は若すぎる。その年で死ぬことはできんのじゃ。生きとりさえすりゃ、いつか治る日が来る。絶対に治る。もうちょっとじゃ。進示。頑張《がんば》れ」

坂道を下りる間、父は何度も何度も同じことを言った。私が力尽《つ》きると、押《お》して前に進ませた。この一徹《いってつ》さこそが、父親の愛情だった。父が怒鳴《どな》ることは私を励《はげ》ますこと。それが功を奏し、私は何とか獣道《けものみち》を下りたのだった。

激痛の中を一歩一歩進むたびに、無意味に苦痛を強《し》いたあの二人の兵士への憎《にく》しみが湧《わ》いた。なぜ、すでに弱りきってズタズタになっている罪のない者を、ここまで罰《ばっ》しなければいけないのか？　いったい何の因果《いんが》で？　こちらがどんな罪を犯《おか》したというのだ？

5 味噌汁《みそしる》

たっぷり二時間をかけて、坂を下り切った。そこには、父が言ったように小川があった。

私の唇《くちびる》と舌は渇《かわ》ききってひび割れており、喉《のど》はからからだった。これほど喉が渇いたのは生まれて初めてだった。いや、喉だけではない、身体全体が渇ききっていた。水の流れが目に入ると私は励まされた気がして、あの忌々《いまいま》しい兵士たちに感じた屈辱《くつじょく》と怒《いか》りが、ほんの少しだけ和《やわ》らいだ。

痛みきしむ身体を落とすように、地面にうつぶせになった。右手は焼けて役に立たなかったので、左手で水をすくい、口元に寄せた。何度も何度もそうやって水を飲んだ。父もひざまずき、同じように水を飲んだ。

喉の渇きがほんの少しおさまったところで、再び立ち上がった。見回すと、小川のほとりには大勢の人が座っていた。私たちのように必死で水を飲むでもなく、ただじっとしている。たいていは焼け残った衣服がかろうじて身体に貼《は》りついている程度の、ほとんど全裸《ぜんら》。皮膚《ひふ》はただれて血だらけ。誰《だれ》もが背を丸めて前かがみになり、まるで催眠《さいみん》状態。生きてはいるのだが、魂《たましい》は身体の中から抜《ぬ》け出てしまったかのようだ。

仏教では、あの世に行くと、人は三途《さんず》の川を渡らなければならないと信じられている。そこは闇《やみ》の世界への入り口。魂の抜け殻《がら》になった人々がそこらじゅうにいるのを見て、自分が今、まさしく三途の川に面しているような気がした。

今ここで息を止めてしまえば、この痛みから逃《のが》れられる——ふっと、そんな考えが頭をよぎった。あきらめてしまえば、楽になれる。もう降参したいと、心が強く願っていた。

しかし身体は、心に逆らっていた。闘《たたか》い続けたがっていた。どんなにひどい痛みに覆《おお》われても、身体の芯《しん》はなぜか生き抜こうとしている。

「ごめん」と、私は身体に謝《あやま》った。「もうだめじゃ」

虚《うつ》ろな目をして水のほとりに座っている人たちのそばに、私も蹲《うずくま》った。そして、父を見上げた。父は厳しい目で私を見返し、切りつけるような鋭《するど》い口調で言った。

「弱音を吐《は》くな！　最悪は乗り越《こ》えた」

父は水辺から離《はな》れて、栄橋の方向——我《わ》が家の方向——を見ていた。私は負け犬のような考えを呑《の》み込むべく、深い溜息《ためいき》をついて力を搾《しぼ》り出そうとした。こんな意志がまだ自分に残っていたのかと驚《おどろ》きつつ、父のあとをついて行った。

どの通りも、四方八方に向かう人々でいっぱいだった。兵士が荷車に死体を積み上げて運んでいる。人々は残骸《ざんがい》をつつき回し、食べ物、道具、何でもいいからないかとあさっている。空気は埃《ほこり》でよどんでいて、何もかもが泥《どろ》だらけ。まさしく混沌《こんとん》の世界だった。

大須賀町《おおすがちょう》を通り抜けるとき、鉄道病院のそばを通った。病院の建物は全壊《ぜんかい》し、捻《ね》じ曲がったベッドのフレームや、薬の瓶《びん》が割れたり溶《と》けたりしてできた大きな硝子《がらす》の塊《かたまり》などが散乱していた。もしやと思って見渡してみたが、医療品《いりょうひん》などは影《かげ》も形もない。

広島駅も崩《くず》れていた。コンクリートの壁《かべ》を支えていた鉄骨が折れ曲がって飛び出し、地面に向かって捩《よじ》れていた。駅舎の一部の壁だけが、ぎざぎざになりながらもまだなんとか建っていた。遠方で列車がひっくり返って燃えつきているのが見えた。

栄橋まであと数百メートルのところまで来た。父に叱《しか》り飛ばされ、励《はげ》まされながら、私はなんとか数メートル歩いては止まったりを繰《く》り返していた。何分かおきには身を横たえて、痛みで疼《うず》く身体を休めなければならなかった。そんなとき、父は驚くべき忍耐力《にんたいりょく》を発揮して、私が立ち上がるのを辛抱強《しんぼうづよ》く待ってくれた。

「もう歩けんよ。ちょっとここで休ませてぇや」

栄橋を目前にして、私はまたしても地べたにへたり込んだ。頭の中は空っぽだ。歩き出す力はもう残っていない。足を無理やり動かすことすらできない。

それでも父は容赦《ようしゃ》しなかった。

「陽《ひ》が暮れる。起き上がれ、進示《しんじ》」

父の声が、また私の中の何かを動かす。父が私を駆《か》り立てるたびに、あるわけがないと思っていた力がほんの少しだけ出てくる。父に命じられるたびに、起き上がって、前に向かってよろめきながら進む。何度も同じことの繰《く》り返し。

進み方があまりにも遅《おそ》いので、父はいらいらしたに違《ちが》いない。しかし、一度も癇癪《かんしゃく》を起こすことはなかった。ただひたすら、物事をやり遂《と》げる決意と私を救おうという意志を示した。

ちょうど陽が沈《しず》む頃《ころ》、栄橋に着いた。

広島は川の町だ。三日前まで、市内を流れる川は美しく、水が澄《す》んでいた。栄橋の下には京橋川が、きらきらしながらゆっくりと流れていたものだ。しかし今、その川を隙間《すきま》なく覆《おお》っているのは、裸《はだか》で焼け焦《こ》げた死体、水浸《みずびた》しで膨《ふく》れあがってぶつかり合いながら流れている死体だった。

橋の上もまた同じで、人間の身体で覆われていた。ほとんどは死体だった。そうでなければ虫の息だった。

かろうじて生きている人たちもいた。焼けただれたり黒焦げになったりして髪《かみ》の毛を逆立て、うろうろしていた。小川のそばで見たのと同じで、誰《だれ》もが空《くう》を見つめ、催眠術《さいみんじゅつ》にかかったような表情をしていた。

命尽《つ》きた身体をなるべく踏《ふ》まないように注意して橋を渡るには、途方《とほう》もない時間がかかる。私はたびたび、膝《ひざ》の力が抜《ぬ》けて座りかけた。そのたびに父は怒鳴《どな》り、私を前に押《お》し続けた。

「だめじゃ、止まるな！　あとちょっとで家じゃ」

上柳町《かみやなぎちょう》と思われるあたりにやってきた。全く知らない世界を訪《おとず》れたかのようだった。見覚えのある指標は何も残っていない。通りにきれいに並んでいた家は、ただの灰とごみの山と化していた。地面は残骸《ざんがい》と瓦礫《がれき》が厚く積もって埋《う》まっており、私の足が地に着くことはない。かつて家族が楽しく心地《ここち》よく暮らしていたこの場所は、ガラクタの燃えかすの山にしか過ぎなかった。

陽が沈み、薄暮《はくぼ》から闇《やみ》に変わっていこうという中、美しい通りだったところをゆっくり進んでいった。葉と枝がもぎ取られたような木が部分的に残って立っていたが、幹は焼けて細い棒のようだった。ところどころに今にも崩《くず》れそうな壁《かべ》や頼《たよ》りなさそうに立っている柱があり、ぽつんと寂《さび》しそうに見えた。このぺしゃんこになった不気味な光景は、見渡す限り続いた。

闇《やみ》が降りてくると、白と灰色の混じった煙《けむり》が、黒い空を背景にうねうねと昇《のぼ》っていくのが見えた。市内じゅうを焼いた火事の残りだ。

私は父のあとを懸命《けんめい》について行った。我《わ》が家があったはずのところに着いたら何をするのか、皆目《かいもく》検討もつかなかった。何が残っているというのだ？　我が家だとわかるかどうかすら怪《あや》しいのに。

向こうに建物が見えてきた。コンクリート製なので焼けなかったらしい。いったい何だろうかと私は目を細めて見た。

「島津《しまづ》さんとこの倉庫じゃ」

と、父が言った。島津家はうちのすぐそばで、母屋《おもや》に隣接《りんせつ》した倉庫があった。それが、今見えている建物だった。

我が家に戻《もど》ってきた。いや、我が家だったところに戻ってきた。

その頃《ころ》にはもう真っ暗になっていた。父はかがんで、瓦礫《がれき》を掻《か》き分《わ》け始めた。

私は、父が撮《と》った写真のことを思った。うちには、ほかの家族に比べてずっとたくさんの写真があった。あの写真は、今は灰となって足の下にある。

私は、母のことも思った。毎日のように小さな畑にしゃがみ、一生懸命野菜の手入れをしていた。甘いトマトや新鮮《しんせん》なきゅうりを育てて、食卓《しょくたく》に色を添《そ》えてくれた。あの畑も、命を剝《は》ぎ取られて今は瓦礫の下に埋《う》まっている。

母は岡山《おかやま》で無事でいるだろうか？　広島で何が起こったか、ニュースで聞いているだろうか？　聞いてるだろうな。父と私のことを心配して、発狂《はっきょう》したようになってるだろうな。

「どなたですか？」

倉庫の中から声がした。女の人が入り口に出てきて、私たちを手招きした。

島津さんの奥さんかと思ったが、違《ちが》っていた。私たちはその女性と旦那《だんな》さんに挨拶《あいさつ》をした。

この夫婦は二人の子供たちと一緒《いっしょ》に、焼け残った島津家の倉庫に避難《ひなん》しているのだという。顔に見覚えがあったが、名前はわからなかった。父はわかっているようだった。

島津家の人々がどこに行ったのか、誰《だれ》にもわからなかった。彼らだけではない。

豊島先生のところは？　豊島医院は近所に開業している私たちの主治医だった。家も上柳町《かみやなぎちょう》にあった。息子《むすこ》が高等小学校で一級下だった。

田中家の人たちは？　私たちが建物疎開《そかい》のあと住めるようにと離《はな》れを提供《ていきょう》してくれた、あの親切な一家だ。

この数年持ち家に住まわせてくれた加計《かけ》さんご夫妻は？　旦那さんは高齢《こうれい》で二人とも弱々しかった。この爆撃《ばくげき》で生き残ることができたのだろうか。

島津家の倉庫に身を寄せた一家は、私たちを倉庫の中へ招き入れ、泊《と》まっていけと言ってくれた。私の怪我《けが》を見てショックを受けているのがわかった。

中に入るとすぐに、私は横になった。疲労困憊《ひろうこんぱい》のあまり、ひと言も発することができなかった。傷は相変わらず疼《うず》いていた。

それでも、やっと安全なところでじっとしていられる。何度も起き上がっては動き回らなくて済むのだ。屋根があり、壁《かべ》に囲まれ、この三日間に過ごしたどの場所よりも安全だと思うと、たまらなくほっとした。私は目を閉じた。

父とご夫婦が話しているのが聞こえた。父は、京橋川へ逃げたことや大火事と竜巻《たつまき》のことを話していた。東練兵場《れんぺいじょう》にいた大勢の怪我人のことや、東照宮《とうしょうぐう》の階段を下りようとして出くわした悪魔《あくま》のような兵士のことも話した。

こうした出来事を、父が他人事《ひとごと》のように淡々《たんたん》と話していることに驚《おどろ》いた。父は、自分たちの体験を、まるで観客だったかのように詳《くわ》しく話すのだった。これらの恐《おそ》ろしい出来事からすでに自分を切り離《はな》してしまっているかのようで、不気味でさえあった。

突然、あることに気づいた。ある考えが私の脳天を突き、びっくりした。

生きている！　大怪我をしてはいるが、本当にまだ生きているんだ！

この三日間、将来のことなどを考える余裕《よゆう》は全くなかった。一瞬《いっしゅん》一瞬を生き長らえることに必死だった。心の奥底のどこかで、自分がここまで生き延びられるとは思っていなかった。

大人たちは、いつしか話をやめていた。

倉庫の中に、ぞっとするような気味の悪い沈黙《ちんもく》が流れた。聞こえてくるのは、時折り壁の外で発せられる叫《さけ》び声、泣き声、呻《うめ》き声。まだくすぶっている火の残りから出ているパチパチと弾《はじ》け、ポンポンと爆発《ばくはつ》する音だった。

父は私のそばに横になり、眠りに落ちた。重く荒《あら》い息遣《いきづか》いを感じる。目を閉じて頭を床《ゆか》に横たえた父は、弱っているように見えた。私に見せ続けた決意に満ちた表情は消えていた。顔の線が和《やわ》らぎ、子供のようにも見えた。

父は私を動かし続け、そして生かし続けた。二人とも、必ずあの地獄《じごく》から抜《ぬ》け出す――それが父の決死の覚悟《かくご》だったのだ。残酷《ざんこく》な兵士たちに怯《ひる》みもしない勇敢《ゆうかん》さと同時に、息子《むすこ》の命を危険にさらさないための引きぎわをわきまえた賢《かしこ》さも備えていた。男らしい男だ。

眠ったのかどうかよく覚えていないが、眠ったのに違《ちが》いない。私は、この世のものとは思えないほどの良い匂《にお》いで目が覚めた。この三日間で初めて、鼻を突くような焦《こ》げ臭《くさ》さや死ではない匂いを嗅《か》いだ。嗅覚《きゅうかく》を強く刺激《しげき》するその匂いは、実に懐《なつ》かしいもの――味噌汁《みそしる》だった。

床から頭をもたげてみると、奥さんが湯気の出ているカップを両手で持ってこちらに向かってくるのが見えた。突然、私の内臓が振動《しんどう》した。私たちは、爆発直前の朝食からずっと何も食べていなかった。この何十時間、私は痛みと疲労《ひろう》に気をとられていて、腹が減ったとも感じなかったし、食べ物のことなど全く頭に浮かばなかった。親切な奥さんが味噌汁《みそしる》を手に近づいてくるのを見た今の今まで。

火傷《やけど》のせいで、私は右手でスプーンを持てなかった。カップを持つ力も残っていなかった。奥さんは錫《すず》でできたカップから、温かい汁を口元へとゆっくりと運んで食べさせてくれた。父は私の横で、自分で味噌汁を飲んでいた。

スプーン一杯《いっぱい》の味噌汁は、私の魂《たましい》を潤《うるお》していった。

昨夜《ゆうべ》横になった私の頭の中には、いろいろな疑問と不安が浮かんだ。広島のほかの場所はどうなっているのだろう？　日本はどうなっているのだろう？　今日は何が起こるのか？　明日は？　どうやって生きていったらいいのか？　どうやったら母や兄や親戚《しんせき》に連絡《れんらく》ができるのか？　いつか会えるのだろうか？

多くの心配事が、次から次へと浮かんできた。けれども、親切な奥さんが黒く焦《こ》げたカップから味噌汁を飲ませてくれている間は、それらを考えずに済んだ。身体の痛みも、その間はましになったような気がした。味噌汁が一瞬《いっしゅん》、人間らしい気分に戻《もど》してくれた。

ご夫婦の親切は、それだけではなかった。流川《ながれかわ》の日本勧業《かんぎょう》銀行に避難所《ひなんじょ》があるらしいと教えてくれたのだ。医者や看護婦がいて、治療《ちりょう》器具や薬もあるらしいと。ご夫婦は私の大火傷を心配してくれていた。

奥さんはすでに、私をその銀行に運ぶための荷車と兵隊を呼びにやってくれていた。私は味噌汁を食しながら、早く彼らが来てくれないかと待った。医者に診《み》てもらえるかもしれないと聞いて、初めて希望がみなぎってきた。これまで全く感じられなかった希望が。

しばらくすると、一人の兵隊が荷車を押《お》しながら、込み合った通りをこちらへ向かってくるのが見えた。

「何とお礼を言うたらええか……。味噌汁は本当においしかった。休ませてもろうて、命の恩人です」

そう言って、父はご夫婦に深々と頭を下げた。

私も心からの礼を述べた。それから荷車の台に、恐《おそ》る恐る乗り込んだ。

父は荷車の横を歩き、私たちは銀行の建物へと向かっていった。

6 照男《てるお》

日本勧業《かんぎょう》銀行に到着《とうちゃく》した。建物の厚い壁《かべ》は爆風《ばくふう》に耐《た》え、焦《こ》げてはいたがまだ建っていた。屋根もちゃんとあった。

ここで医療《いりょう》が受けられるかもしれないという希望は、しかし、はかなくも消え去った。崩《くず》れ落ちた窓ガラスの破片が飛び散る行内に、仮設治療施設《ちりょうしせつ》などはなかった。重病人と死にゆく人が、足の踏《ふ》み場もないほど横たわっていて、汗《あせ》と焦げと排泄物《はいせつぶつ》の臭《にお》いが充満《じゅうまん》していた。医者はいない。薬もない。食べ物もない。ほんの少しの水があっただけだ。指揮を執《と》っているような人物も見えない。

私はがっくりきた。父も何も言わなかった。

休める場所を探して奥のほうへと進み、壁ぎわにわずかな空間を見つけて、固いコンクリートの床《ゆか》に横たわった。時間はどんどん過ぎていったが、眠らなかった。言葉もほとんど出なかった。疲労《ひろう》と失望とで、黙《だま》ってじっとしていることしかできなかったのだ。

私はときどき、身体をこんな風に、いやあんな風にと動かして、何とか楽な体勢を取ろうとした。しかし、ほんの少し動いただけで激痛が走った。

父は黙り込み、油断のない表情をしていた。次の行動を考えているのに違《ちが》いない。これまでの一日一日のように、どうやったらその一日を生き延びられるかを。

私は周囲の人々に目をやった。一人ぼっちで慰《なぐさ》めてくれる人もおらず、ただ苦痛に呻《うめ》いている人がいた。私たちのように家族と一緒《いっしょ》に逃げてきたらしい人もいた。所持品のない人がほとんどだったが、なかには、すでに二〜三日ここに留《とど》まっているのだろうか、瓦礫《がれき》から拾い集めてきたようなぼろぼろの日用品を持っている人もいた。言葉を発する人はほとんどおらず、身動きすらごく控《ひか》えめに見えるだけだった。何人かはすでに死んでいて、何人かがもうすぐ死ぬのだろうと思った。

突然、誰《だれ》かが私の名前を大声で呼ぶのが聞こえてきた。

「シンジさーん！　シンジさーん！　シンジさんはおってですか？　誰かシンジさん知っとってんないですか？　シンジさーん！　どこー？」

若い男が、座ったり横になったりしている人々を飛び越《こ》えるようにして、こちらへやってくる。それは親友の照男《てるお》だった。

「照男っ！」

私は、声にならない声をあげた。こんなひどい状況《じょうきょう》で親友に会えるなんて！

照男は陸軍の幼年工《ようねんこう》で、仕事机を隣《となり》にして一緒《いっしょ》に働いていた同僚《どうりょう》だった。年は彼のほうが三つ下だったが、仲良しになった。

最後に照男を見たのは、爆撃《ばくげき》の前日だった。建物疎開《そかい》の準備のため仕事を休ませてもらおうと上官のいる寮《りょう》へ行った。その帰り道に、若草町にあった照男の家に寄ったのだ。そのとき照男は、「明日の夕方、栄橋のたもとへ泳ぎに行こうや」と誘《さそ》ってくれた。京橋川で一緒に遊泳するべく、運命の八月六日の夕方に会うはずだったのだ。

照男は私を目にして、こちらへやってきた。現実とは思えない出会いに興奮《こうふん》して、私は真っ先に訊《き》いた。

「どしてここがわかったんや？」

照男は、私を探しに上柳町《かみやなぎちょう》の家のあったところに行き、島津《しまづ》家の倉庫に身を寄せていたあの親切な一家から、父と私が勧業《かんぎょう》銀行に移動したことを聞いたのだった。それを早口に説明したあと、彼は、ここをすぐに離《はな》れなければいけないと言った。

「こよなところにおったら、だめじゃ。なんもないけぇ」

照男は、一緒に府中へ行こうと誘った。

府中は広島市の東側にある山の中の小さな村で、照男によれば爆撃を免《まぬか》れたという。照男の姉さんが府中へ嫁《よめ》に行っており、照男はその姉夫婦のところに世話になると言った。また府中小学校が生存者の避難《ひなん》場所になっていて、そこなら治療《ちりょう》が受けられると教えてくれた。彼は私の身体を見て大いに心配になったらしく、懇願《こんがん》するように重ねて言った。

「ここを出んにゃいけんよ。ここにおったら、死ぬのを待つだけじゃ」

照男の言うとおりだ。だが、私の身体は動かない。どうすることもできない。

そう告げても、照男は引き下がらなかった。府中まで連れていってくれる車を探してくると宣言し、「すぐ戻《もど》るけぇ」と言い放って、鉄砲玉《てっぽうだま》のように飛び出していった。

父と私は、勧業銀行の壁《かべ》ぎわでじっと待った。照男が私たちを見捨てないことだけは確信していた。だが、この混沌《こんとん》のなかでどうやって連れ出す車を見つけるというのか。

ともかく照男を待ちながら、私は爆撃以前の日々を思い出していた。

高等小学校を卒業したあと、私は幼年工として就職し、軍の下で電気の配線と機械について学んだ。おかげで、機械を分解したり組み立てたりするのが大好きになった。電機機器がパズルのように思えた。パズルを解くように解決方法を見つけるのが面白《おもしろ》く感じられたのだ。

外向的で自信に満ちていた兄と違《ちが》い、私は機械を相手にするのが得意だった。兄は召集《しょうしゅう》される前は証券会社に勤めており、その会社が広島市商業学校（現在の広島市立広島商業高校）の夜間部へ通わせてくれていた。兄はやり手のビジネスマンになるだろうと、私は確信していた。

一九四五年、帝国《ていこく》陸軍は広島に、日本の西半分を統括《とうかつ》する第二総軍司令部を設立した。軍部の指導者は、連合軍の本土上陸に備えようとしていた。広島は久しく軍の要地であり、我《わ》が国の主要な拠点《きょてん》のひとつ。この第二総軍司令部設立時に、私は築城部《ちくじょうぶ》へ配属された。

四月から私は、召集《しょうしゅう》令状が来るのを待っていた。召集されたら軍機の修理と維持《いじ》管理をする電気技師兵になるはずだった。長い間、日本の兵役年齢《へいえきねんれい》は二十歳《はたち》だった。が、戦争が長引いて兵力が不足したため、前年の一九四四年に兵役年齢が十九歳《さい》に引き下げられ、そしてさらに十八歳に引き下げられていた。二月の誕生日の前に、私は兵役のための身体検査を受けた。乙《おつ》の成績で合格し、兵役リストに載《の》せられ、兵役資格証明書を渡された。

兵役資格証明書！

急に思い出した。いかなる状況《じょうきょう》でもすぐに取り出せるように死守しておけと言われていた。召集されたときに提出しなければならないからだ。証明書を失くすと重い罰《ばつ》が待っていた。だが証明書は、すべてのものと一緒《いっしょ》に燃えてしまったのだ。

重傷で銀行の汚《きたな》い床《ゆか》に転がっている身でありながら、証明書の紛失《ふんしつ》をどうやって上官に説明したらいいのだろうかと、心配になり始めた。失くしたことが上官に知れたら、どんなひどい罰が待っているのだろうか、と。

ただでさえ疲《つか》れ果てて神経が磨《す》り減っていたのに、新たな心配事が生じた。証明書のことが頭から離《はな》れなくなった。馴染《なじ》みのある友人の顔が、こちらに向かって弾《はず》んでくるのが見えるまでは。

照男が戻《もど》ってきた。一人ではなかった。私たちを広島市内から府中へ避難《ひなん》させるため、職場からトラックと運転手を調達《ちょうたつ》してきたのだった。いったいどうやってそんなことをやってのけたのか。しかし、これが照男だった。思いつきに富み、行動力に溢《あふ》れ、楽観的で、やりたいことは必ずやってのける男。

照男は早口でまくし立てた。銀行を出てから陸軍の職場へまっすぐ走っていき、運転手にトラックを出して迎《むか》えに行くように説得した、と。

父と私は、感謝の言葉さえ見つからなかった。

照男が私を汚《よご》れた床から抱《だ》き上げて、トラックの荷台に乗せてくれた。父は自分で荷台に乗り、私の隣《となり》に座った。照男は助手席に飛び乗った。

トラックはゆっくりと市内を出て、府中の村へと曲がりくねった山道を上っていった。距離《きょり》は五～六キロほどだったろうか。それでも時間はかかった。多くの道路はふさがっていて車が通れない。トラックが動いては止まるたびに、私たちは荷台の上でよろめいたりずれ動いたりした。

やっと市内を出ると、道路のふさがりがなくなった。空気が変わってきたと感じられた。鼻を突くような煙《けむり》と焦《こ》げの臭《にお》いが薄《うす》まっていった。順調に山道を登り出したトラックの荷台で、府中ではほんの少しでいいから安全と安らぎがあってほしいと願った。

府中小学校に到着《とうちゃく》し、照男と運転手が荷台から私を降ろして建物の中へ運んでくれた。父は私たちの横を歩いた。父の強さには驚《おどろ》かされる。この数日間、きりりとしたまま一切《いっさい》弱さを見せなかった。

もう暗かったが、屋内には怪我人《けがにん》がひしめいているのが感じられた。八月九日の夜だった。爆撃《ばくげき》から丸四日と三夜が過ぎていた。「もう動かんでよさそうじゃ」と言う父の声に、安堵《あんど》が感じられた。

体育館の固い床《ゆか》の上に横になった私たちは、爆撃以来、初めてまともな会話をした。

「なんで家へ帰ろう思うたん?」

私は父に訊《き》いてみた。あのときの私には、無意味で常軌《じょうき》を逸《いっ》する決断としか思えなかった。しかし結局は、家――のあったところ――に帰ったことが功を奏したのだ。家に帰ったからこそ、こうして山の中の安全な村に来ることができたのだ。

「仏様のお導《みちび》きじゃろう」

父はそう答えただけだった。そのうえで、思慮深《しりょぶか》く警告するのを忘れなかった。

「安心するのはまだ早いど、進示《しんじ》。これから何日も痛みが続くじゃろうが、気をしっかり持って我慢《がまん》せんにゃいけんで」

私は、もう身体が壊《こわ》れる寸前だと告白した。痛みはどんどん広がり、しかも強烈《きょうれつ》になっている。私は恐怖《きょうふ》を覚えていた。

「代わってやれるもんなら、代わってやりたい」

父は言って、深い憐《あわ》れみと愛情の目で私を見つめた。父には、それができないことが歯痒《はがゆ》くて仕方がないようだった。

「唯一《ゆいいつ》お前に言うてやれることは、ただ意志を強く持ち続けて、何があっても生き続けろいうことじゃ。わしの言葉を絶対に忘れるな」

「絶対に忘れん」

私は約束した。そのうち、しだいに気持ちが高ぶってきた。

「それにしてもあの兵隊は……。あれら悪魔《あくま》じゃったね」

怒《いか》りで声が震《ふる》えていた。父の反応を待たずに、さらに続けた。

「あれらがほんまに憎《にく》い。邪悪《じゃあく》なやつら。爆弾《ばくだん》を落としたアメリカ兵より憎いけ。国民を守るはずの日本兵じゃろう。なんであよな目に遭《あ》わされんにゃいけんかったんか？　憎んでも憎みきれん」

「進示《しんじ》、今は地獄《じごく》じゃけ。地獄には鬼《おに》も出るわい」

父は、兵士の残虐《ざんぎゃく》さに関しては同意した。しかしその邪悪さについて、ぐずぐず文句は言わなかった。それよりも優《やさ》しくこう続けて、ほかの人の善良さと親切のおかげでここまで来られたことを思い出させてくれた。

「じゃが、仏の心にもおうたじゃろう？」

そう、確かに悪魔《あくま》に出合ったが、仏様も拝むことができた。

私はその夜、仏様の顔を瞼《まぶた》に浮かべながら、涙《なみだ》を溜《た》めたまま眠りに落ちた。

7 別れ

翌朝、あまりの苦痛に目が覚めた。痛みはどんどん激しくなる。これだけの痛みを感じていながらまだ生きていられるとは、想像もできなかった。

陽《ひ》の光が注いだことで、初めて周りが見えた。私たちが眠った場所には、ほかに五十人ほどはいた。ほとんどが重傷者《じゅうしょうしゃ》だった。皮膚《ひふ》を失い、生《なま》の肉が焼け焦《こ》げている者がたくさんいた。醜《みにく》い裂傷《れっしょう》のある手足は折れ曲がり、役に立ちそうにないように見えた。火傷《やけど》や煤《すす》と埃《ほこり》で覆《おお》われた顔には生気がなく、目がくぼみ、皮膚は青ざめていた。

体育館内は込み合っており、蒸《む》し暑く、体臭《たいしゅう》に満ちていた。怪我人《けがにん》は床《ゆか》に並ばされ、横たわった重傷者の間は人がやっと通れるだけの隙間《すきま》があるだけだった。ただ、勧業《かんぎょう》銀行とは違《ちが》い、ここには秩序《ちつじょ》が何となくあった。目的も感じられた。

村じゅうの人たちが救護《きゅうご》に来ていた。女たちは、忙《いそが》しく看病をしながら怪我人《けがにん》の世話をして動いていた。男たちはシーツや食べ物を運んでいたほか、夜の間に亡《な》くなった人たちの遺体を外に運び出していた。

看病している人たちのなかに、医者や看護婦はいなかった。しかし、痛みでかすんだ私の目にも、心根の優《やさ》しい人々が献身的《けんしんてき》に看病している様がはっきりと見えた。医療《いりょう》用具はなく、家の中にある布が包帯に使われていた。傷口は湯でなるべくきれいに洗われたり拭《ぬぐ》われたりした。

なけなしの食べ物は、まだ食べられる怪我人に分けられた。もう食べることもできない重傷者《じゅうしょうしゃ》もたくさんいた。あまりにも火傷《やけど》や怪我《けが》がひどすぎて、食べるどころか水を飲むことさえできない人たちが。

照男《てるお》が見舞《みま》いに来てくれた。うれしかった。照男はお袋《ふくろ》さんを連れてきた。お袋さんは私たちに食事を持ってきてくれた。日の丸弁当だった。まだ米が手に入った頃《ころ》、質素《しっそ》ではあるが栄養価の高い食べ物として、軍部が強く推奨《すいしょう》していた食事だ。長方形のアルミの弁当箱に白いご飯が入っており、その真ん中に赤い梅干が置かれていた。

以前はみな、日の丸弁当を食べていた。だが戦局の悪化に伴《ともな》い、米はどんどん手に入らなくなった。そのうち日の丸弁当は、米ではなく麦やジャガイモやサツマイモなどでつくられるようになった。日の丸弁当でこうして白米を食べるなんて、めったにないことだ。梅干には殺菌《さっきん》効果があるうえ、炎症《えんしょう》を抑《おさ》えるともいわれている。私たちの健康状態を心配して、照男のお母さんはとても貴重な食べ物を持ってきてくれたのだ。

父の疲《つか》れた顔に、小さな笑《え》みが浮かんだ。

「本当にありがとうあります。何とお礼を言うたらええのか」

私はひと口食べた。梅干の塩辛《しおから》さとすっぱさが味覚を急激に刺激《しげき》した。白米はとても柔《やわ》らかく、同時に歯ごたえもあった。日の丸弁当がこんなにもおいしく感じられるとは！　二日前に味わった味噌汁《みそしる》と同じように、命そのものをいただいているような感覚にとらわれた。

父と私はその日一日、横に並んで休んだ。天気はよく、ドアや窓からときどき入ってくるそよ風が、まるで優しい手のように感じられた。

すぐ横にいる父を見た。顔の火傷は赤く、怒《おこ》っているかのようだったし、腕《うで》を腹の近くに置いていることから、そのあたりが痛いんだろうなと察した。疲労《ひろう》しているように見えた。だが父の一徹《いってつ》さは、痛みや疲弊《ひへい》に打ち勝っている。

その日の午後、別の訪問者があった。軍服を着た三人の男たちだ。私たちのほうへ早足で向かってくる様子を見て、私は全身が強張《こわば》った。近づくと、三人のうちの一人が私の知っている人で、陸軍第二総軍築城部《ちくじょうぶ》の上官だとわかったが、それでもひやひやはおさまらない。

挨拶《あいさつ》を交《か》わして話を聞き、ようやく不安な気持ちがおさまった。

彼らは、照男のおかげで私の居所を知り、迎《むか》えに来たのだと言う。陸軍は宇品港《うじな》の先にある金輪島《かなわじま》に、爆撃《ばくげき》で怪我《けが》をした軍人と関係者を治療《ちりょう》するための病院を仮設した。三人は、私をそこに即座《そくざ》に移動させるべしという命を受けていたのだ。

私は軍人ではなかったが、軍に勤める民間人で軍属《ぐんぞく》だった。軍属の称号《しょうごう》は、訓練を受けて専門職を持ち、軍に正式採用されている者にのみ与えられていた。軍属には、ほかの民間人にない特権と地位も与えられていた。陸軍病院で治療を受ける資格も。

私の痛みは、爆撃から日が経《た》つにつれてどんどん強まってきていた。身体じゅうの火傷《やけど》が水ぶくれでパンパンになってきているのがわかる。もう自分の身体を動かすこともできず、起き上がって水や食べ物を摂取《せっしゅ》することさえ困難になっていた。また、意識も朦朧《もうろう》としていた。陸軍病院には医師や看護婦がいて、医療《いりょう》器具があるに違《ちが》いない。そこに入れるというのは良い知らせである。が、同時にそれは、父との別れをも意味した。

父と離《はな》れたくない。しかし今、私が陸軍病院に行きたいかどうかということは、問題ではなかった。軍の上部から下された命令である以上、行かないという選択肢《せんたくし》はない。

「私はここで大丈夫《だいじょうぶ》です」

と父は軍人に告げた。それから私のほうを向いて、言った。

「お前にはもっとちゃんとした治療が必要じゃ。すぐに受けんにゃいけん。行け、進示《しんじ》」

金輪島まで船を出している宇品港は、市内の南部にある。そこへ私を連れていくための軍用トラックが外で待っていた。父は無表情で、私がトラックの荷台に乗せられるのを見守っていた。

父と離れたくなかった。爆発《ばくはつ》からの五日間、私たちは、ともに煙《けむり》だらけの空気を吸い、汚染《おせん》された水を飲み、苦しみ死んでいく人たちに覆《おお》われた道をよろめきながら進んできた。

父と私の運命は、同じ糸にぶらさがっていた。だが実際は、父が私を生かしてくれたのだ。私にできたことといえば、せいぜい、息子《むすこ》がいるということで父に生き続ける理由を提供《ていきょう》したくらいではなかったか。

「父さん、病院におるけぇ」と、私は言った。

「しっかりせえ、進示」とだけ、父は言った。

父は動くこともなく、軍人たちが私を連れていく様子をじっと見守っていた。もう見えなくなってしまったあとでも、私には父の視線が感じられた。

8　女神

父に別れを告げたのは、八月十一日土曜日のことだった。爆撃《ばくげき》から五日後だった。山を下る道中、トラックは揺《ゆ》れた。ほんの少し動くだけでも身体じゅうに激痛が走るというのに、でこぼこ道で急に揺れたりするたびに、私は荷台の上を転がされた。

その日の午後は、窒息《ちっそく》するほど蒸《む》し暑くなった。瞼《まぶた》を閉じて日差しが目に入らないようにはできたが、身体を覆《おお》うことはできない。

しばらく下ったところで、トラックのエンジンがガタガタいいだし、まもなく止まった。二人の軍人が降りて声高《こわだか》に話を始めた。何を話しているのかよくわからなかったが、何が起きたのかは察した。ガス欠だ。

三人目も降りて埃《ほこり》だらけの道端《みちばた》で二人の話に加わり、ここから二～三キロ離《はな》れた陸軍第二総軍司令部まで、二人が歩いてガソリンを取りに行くことで決着したようだ。もう一人は、私とともにトラックに残ることになった。

私は荷台に横たわり、容赦《ようしゃ》ない太陽の熱を全身に浴びながら、二人の帰りを待たねばならなかった。辛《つら》くて泣きたくなった。しかし、目から涙《なみだ》など落ちなかった。泣く力さえなかったのだ。唯一《ゆいいつ》私にできたのは、次の息をすることだけだった。そしてまた次の息……。身体じゅうで痛まないところなどなかった。

陽《ひ》の光は弱まることもなかった。日光は、すでに火傷《やけど》でぼろぼろになっている私の皮膚《ひふ》を無慈悲《むじひ》に焼いた。唇《くちびる》は割れて腫《は》れあがり、膿《うみ》が溜《た》まっていた。口から吸った空気はまるで暖炉《だんろ》の前の熱のごとく、喉《のど》から肺を焼いているようだった。トラックの荷台の上で、私は炉《ろ》に入れられているようだった。

私とともに残った軍人も熱さに耐《た》えられなかったのか、上着を脱《ぬ》ぎ、シャツ姿になった。

私は顔が腫れあがり、目がほぼ開かない状態だった。右目はほとんど閉じており、何とか左目をうっすらと開けても、陽炎《かげろう》のような形と大雑把《おおざっぱ》な動きが見えるだけだった。だから、荷台に軍人が乗り込んできたときも、それを目で見て認識《にんしき》したのではない。空気の動きから察したのだった。

次に私が感じたのは、ひやっとする涼《すず》しい影《かげ》が覆ってきたことだった。軍人は自分の上着を私の上に掲《かか》げて、太陽を遮《さえぎ》ってくれたのだ。うれしくて礼を言いたかったが、思うにまかせなかった。口が腫《は》れあがって動かせないうえ、身振《みぶ》りで示すことさえできない。

親切な振《ふ》る舞《ま》いを受けるのは、あの爆撃《ばくげき》の日以降、これが初めてというわけではない。が、それでも私は驚《おどろ》いた。そしてまた、あの東照宮《とうしょうぐう》の階段の兵士たちを思い出した。あの残酷《ざんこく》さは私にとりついていた。今や親切のひとつひとつを、まるで奇跡《きせき》の贈《おく》り物のように感じるようになっていた。

爆発《ばくはつ》後に道徳感や倫理《りんり》感が変わってしまい、人間は二つの反対方向に進んでいたのではないか。寛容《かんよう》さと親切心のほうへ進んだ人たちと、他人のことを全く考えない傲慢《ごうまん》さや侮辱《ぶじょく》のほうへ進んだ人たち。この新しい現実はある意味で、私たちを襲《おそ》った物理的な破壊《はかい》よりも恐《おそ》ろしかった。私たちの街は奪《うば》われてしまった。そのうえ、人間性も奪われてしまったのか？　いったい私たちは何者になってしまったのだろう？　私たちはどちらの本能に走り出すのか？

ガソリンを取りに行った二人が戻《もど》ってくるまでにどれくらいの時間が経《た》ったのか、よくわからなかった。けれどもトラックに残った軍人は、その間ずっと、私のそばにいて上着で日陰《ひかげ》をつくってくれていた。

二人がガソリンの缶《かん》をひとつずつ持って歩いて戻ってきたときには、すでに永遠の時が過ぎたような気がした。そして、すぐに宇品《うじな》港へ向けて出発した。

宇品港は一八八〇年代に貿易の拠点《きょてん》として開設されたが、すぐに軍港として使われるようになる。一八九四年、日清戦争勃発《ぼっぱつ》の翌日に、日本軍は宇品港と広島駅を結ぶ線路を着工からわずか十六日間で完成させ、兵士や物資の運送に利用した。連合軍を敵とした帝国《ていこく》は宇品に陸軍のすべての輸送船を指揮する船舶《せんぱく》司令部を置いたほどで、陸軍の重要な拠点となっていた。

爆撃の前の週まで、私は仕事で宇品港に通っていた。瀬戸内海《せとないかい》に浮かぶ木造船上で働くために、陸軍築城部《ちくじょうぶ》から送られたのだ。私たちは十人のグループで、仕事は浅瀬《あさせ》の海底を通る電線を船につなぐことだった。朝に尾長《おなが》小学校の築城部へ出勤してからトラックで宇品へ行き、一日の終わりにまたトラックで築城部へ戻るまで、ずっと船の上で配線をした。

爆撃の日も、私は同僚《どうりょう》とともにその船上で仕事をするはずだった。

爆撃がなかったら、この数日はどんなふうになっていただろうかと想像してみた。戦争の本当の恐ろしさを直《じか》に体験する前の、無知ともいえるあの無邪気《むじゃき》さが恋《こい》しかった。

もし月曜日の朝、休暇《きゅうか》など取らずに仕事をしていたら、どうなっていただろう。宇品は市の中心部から南に五キロぐらい離《はな》れた場所にある。のちに知ったのだが、私の家は爆心《ばくしん》から千二百メートルのところにあった。宇品にいたなら被害《ひがい》は軽かっただろう。私の皮膚《ひふ》も焼けただれることはなかっただろう。ぼろぼろに壊《こわ》れた身体で、何日間も死の淵《ふち》をさまようこともなかっただろう。父とは別々の日々を過ごすことになったろうが、私が足を引っ張らない分、父はもっと早く避難《ひなん》できたに違《ちが》いない……。

考えても無駄《むだ》なことだ。起きてしまったことに変わりはないのだから。

宇品《うじな》に到着《とうちゃく》すると、その日のうちに対岸の金輪島《かなわじま》へと送られた。

金輪島は広島湾《わん》に浮かぶ島のひとつだ。軍部はこうした島々のいくつかを施設《しせつ》に利用していた。陸軍は金輪島に物資の供給所を置いていたが、爆撃《ばくげき》のあとは仮設の治療《ちりょう》所として利用していた。第一次世界大戦中にドイツ人捕虜《ほりょ》を収容していた似島《にのしま》は、怪我人《けがにん》や病人の検疫隔離《けんえきかくり》所となっていた。

金輪島で眠れない夜を過ごした私は、翌朝、小屋浦桟橋《こやうらさんばし》の近くの海岸へと移された。小屋浦は、宇品の南東に位置する小さな漁港だ。

私は、うだるように暑い小屋浦の砂浜《すなはま》に寝かされた。ほかの軍人や軍属《ぐんぞく》の怪我人たちが何人も寝かされていたが、頭を持ち上げて見ることもできなかった。飛び回る蝿《はえ》が焼けた身に止まるたびに激痛が走った。手を動かして蝿を追い払《はら》うことさえできなかった。

この日の太陽も、棘《とげ》のような熱を容赦《ようしゃ》なく降り注いできた。海のそよ風が涼《りょう》を送ってくれても、私の身体にとっては新たな痛みの波となっただけだ。こうして丸一日、その海岸に横になっていた。

その次の朝、また移動させられた。兵士たちが、十五人ほどの怪我人を小屋浦小学校へ運んだ。固い小学校の床《ゆか》に寝かされている間に、東練兵場《れんぺいじょう》で若くて経験もない衛生兵《えいせいへい》に赤チンを塗《ぬ》ってもらって以来の治療《ちりょう》を受けた。

ここは急造の治療施設だった。治療はごく基礎的《きそてき》なもので、大雑把《おおざっぱ》といわざるを得ない。薬や医療品《いりょうひん》も不足していた。それでも、患者《かんじゃ》の身体に触《ふ》れる医者らは落ち着いていて、安心感を与えてくれた。

私の腿《もも》の火傷《やけど》は、長さ三十センチにもわたっていた。ひどい炎症《えんしょう》を起こして膿《うみ》が溜《た》まっていたため、切開して膿を出さなければいけなかった。医者がメスで焼けた肉を切り裂《さ》いた。麻《ま》酔《すい》も痛み止めもなかったが、メスを深く入れられても痛みは感じなかった。身体じゅうに走る怪我の痛みとメスの痛みとが区別できなかったから。

突然、そばに立って世話をしようとしてくれていた女性が、ギャッと声をあげて顔を覆《おお》った姿が目に入った。私は上体を起こして下半身を見る力などなかったが、あとで、膿がまるで溶《よう》岩《がん》のように傷口から流れ出て、蛆虫《うじむし》も一緒《いっしょ》に泳ぐように出てきたと聞いた。後日、ほかの介護《かいご》人《にん》が食事の手助けのために起こしてくれたとき、初めて足を見てみた。傷は大きく醜《みにく》く、まるで右の腿全体が爆発《ばくはつ》した火山のように見えた。

部屋は蝿《はえ》だらけだった。蝿は何度も何度も舞《ま》い降りてきては傷に止まり、剥《む》き出しになっている肉を貪《むさぼ》っていた。そのたびに突き刺《さ》すような痛みが走った。しかし、手を持ち上げて蝿を追い払《はら》うことはできない。

唇《くちびる》は乾《かわ》いて割れ、膿《うみ》と血で覆《おお》われている。ほとんど口を開けることもできない。右の耳が熱く、ずきんずきんと痛みが脈打ち、今にも爆発《ばくはつ》するのではないかとすら思った。頭を少しでも動かすと、全身に暴力的な激痛の波が走る。背中の皮膚《ひふ》はほとんどなかった。大部分は燃えつき、ほかはぼろぼろの破片になって抜《ぬ》け殻《がら》のように落ちていたのだ。だから生《なま》の身が刺すような痛みを感じていた。

しかし、そうした痛みをせせら笑うほどの別格の痛みがあった。何日も動けないまま固い床《ゆか》や地面に寝ていたために生じた背中の床《とこ》ずれ。それは、まるで潰瘍《かいよう》のように深く肉を侵食《しんしょく》し、骨まで届く激痛をもたらしていた。この痛みのせいで朦朧《もうろう》となり、正気を失いそうだった。

だが、逃《のが》れることは一切《いっさい》できない。私は全く動けなかったのだ。私の身体は痩《や》せ衰《おとろ》え、ほとんど骨と皮しか残っていなかった。もともと私は細身だった。爆撃《ばくげき》前には戦時中の食料不足もあって、身長は百七十三センチなのに、体重は四十五キロぐらいしかなかった。この頃《ころ》はもっと減っていたに違《ちが》いない。私の身体には、固い床との間のクッションになる脂肪《しぼう》がついていなかったのだ。

床ずれのことなど、誰《だれ》も気がつかないだろうと思っていた。身体にはたくさんの傷と火傷《やけど》がある。床ずれにまで思いを寄せる人などいないだろう。

ところが、気づいてくれた人がいた。小屋浦《こやうら》の村から重傷者《じゅうしょうしゃ》の世話に来てくれていた婦人会の一員。質素《しっそ》な着物を着た、三十代後半か四十代前半の女性だ。とても冷静な人で、私の怪《け》我《が》を見ても動揺《どうよう》しなかった。落ち着いた手で朝食のスープを飲ませてくれた。実は私は食欲はなかったが、親切に食べさせてもらえるということがうれしかった。彼女は、私が苦労しながらスープを飲み込むのを見つめていた。

その女性がゆっくりと私の傷に近づいて、覗《のぞ》き込んだときのこと。あまりにもひどい床ずれを見つけて、「こりゃあいけん」と驚《おどろ》きの声をあげた。食器を横に置き、床の上で何とか楽になれるようにと私の身体を動かそうとしたが、ひどい傷を刺激《しげき》するわけにもいかず、動かすのをやめた。

「このままじゃいけんわ。家に座布団《ざぶとん》があるけ、持ってきてあげるけぇね」

彼女はそう言い置いて立ち去った。

私は、「ありがとう」という気持ちを示すこともできない。ただ、私の目に浮かぶ感謝の心を読み取ってくれればと願うだけだった。

その女性が観音様のように見えた。この約束で、私の気持ちは希望で膨《ふく》らんだ。この最悪の痛みから逃れられる。恐怖と死に取り囲まれている中で、こんな優しさや善意、寛容性が存在するとは。ただただこの観音様の帰りを待ちさえすればいいのだ。

私は延々と待った。女性が立ち去ると同時に、いつ帰ってくるのかと思い始めた。一分が、十分にも百分にも感じられた。

この床《とこ》ずれの痛みからやっと逃れられると思うと、待っている間の痛みが余計ひどく感じられた。右にも左にも身体を傾《かたむ》けることができない。自分の周りがどうなっているのか見ることもできない。ただただ真上の擦《す》り切れた天井《てんじょう》を見ることしかできない……。

いつしか、天井に優しい友達の顔を描《えが》いていた。その友達が一人ぼっちの私を慰《なぐさ》めてくれ、寂《さび》しさを紛《まぎ》らわせてくれる。痛みを分かち合ってくれる。観音様が帰ってくるのを待つ間、私はこの友達に話しかけていた。

昼になっても女性は帰ってこなかった。もしかしてあれは夢だったのだろうか、と思い始めた。私は、たびたび意識を失ったりもしていたので、あの落ち着いた優しい女性は自分の想像が作り出した幻《まぼろし》かもしれないと思った。

午後になっても戻《もど》ってこない。やがて私は、帰宅したとたんに彼女は私のことなどすっかり忘れてしまったのだと思い始めた。日常の忙《いそが》しさに気をとられ、座布団《ざぶとん》のことなど頭から抜《ぬ》け落ちてしまったに違《ちが》いない。とんだ欺瞞《ぎまん》じゃないか！

夕方になる頃《ころ》には、暗い怒《いか》りの気持ちを抱《いだ》くようになった。重傷で動けないことへの激怒《げきど》。一人ぼっちであることへの激怒。忘れられてしまったことへの激怒。

この弱りきった状態で、私は親切と安堵《あんど》を約束した見知らぬ人に弄《もてあそ》ばれ、そして裏切られたのだ。私の気持ちを残酷《ざんこく》にも弄んだあの女が憎《にく》くてしょうがない。きっと今頃《いまごろ》、自分の家族とラジオを聴《き》きながら夕飯を食べているに違いない。私のことなど、もう頭をよぎりもしないだろう。きっとあの女は、夏の風のような軽い口約束《くちやくそく》をして、風が過ぎるとともに忘れてしまうような奴《やつ》なんだろう。

私は希望のすべてを託《たく》したのだが、もう二度と会うこともない。

「どうしたらこように見捨てることができるんや？」

「どよな人間がこよなことをするんか？」

天井の友達に訊《き》いてみたが、彼は答えてくれない。

突然、本当に突然、その女性が私のそばに現れた。手に二枚の座布団を持って。

戻るのが遅《おそ》くなったことを一生懸命《けんめい》謝《あやま》っていた。帰宅したら、胸を患《わずら》っている家族がひどく苦しんでいたので、医者を呼んだり看病したりして遅くなったのだという。「本当にごめんなさいね」と言いながら、彼女は背中と床《ゆか》の間に座布団を置いてくれた。柔《やわ》らかく優しい手で、私の背中を冷酷《れいこく》な床から数センチだけ浮かせ、その下に座布団を押《お》し入れてくれたのだ。

朝、この女性のことを観音様だと感じたことは、間違《まちが》っていなかったのだ。なのに……。先ほどまで抱《いだ》いていた怒《いか》りは、羞恥心《しゅうちしん》へと変わった。こんな親切な人に対して、なぜあんな憎《にく》しみを抱いたのだろう。

身体の下に敷《し》いてもらった薄《うす》い座布団《ざぶとん》が、傷口への鎮痛剤《ちんつうざい》のように感じられた。有頂天《うちょうてん》になるほどの安堵《あんど》だった。まるで雲の上に浮かんでいるように思えた。私は天井《てんじょう》の友達に自慢《じまん》した。ああ座布団は本当に気持ちがいい。

そしてまた、爆発《ばくはつ》のあとに私たちに強《し》いられた二つの選択肢《せんたくし》のことを考えた。戦慄《せんりつ》と絶望しかない悲惨《ひさん》な状況《じょうきょう》で、人間は善と悪のどちらに転がるのか？　私は、仏様のほうへ目盛りが寄っていくように感じた。

小屋浦《こやうら》小学校では、衛生兵《えいせいへい》も怪我人《けがにん》の看護をしてくれていた。

あれは八月十六日の朝のこと。私たちの周りを歩く衛生兵を見て、違和感《いわかん》を抱いた。彼らはいつも軍服を着て日本刀と銃《じゅう》を腰《こし》に下げるのだが、その日に限って武器をつけていない。その姿を見て私は当惑《とうわく》した。帝国《ていこく》軍人の規則に反する行為《こうい》ではないか。

最初は、たまたま一人の衛生兵が武器を忘れたのかと思った。が、すべての衛生兵が同じように武器をつけていなかった。思わず一人の衛生兵に尋《たず》ねた。

「戦争が終わったんじゃ」

と彼は答えた。驚《おどろ》きながらも、私はさらに尋ねた。

「勝ったんか？　負けたんか？」

「それが、ようわからんのじゃ」

もっとも、私にとっては、もはや勝ち負けなどどうでもよいことだった。戦争が終わったのなら、それでいい。終わったことにほっとした。

終戦の報が伝わると、私が寝ている部屋には不気味な雰囲気《ふんいき》が漂《ただよ》い始めた。最初は囁《ささや》くような小声だったのに、そのうち部屋じゅうに鳴《な》り響《ひび》くような喚《わめ》き声をあげる者。すすり泣く者。泣きじゃくる者。私のように静かなままの者。あまりに大きな衝撃《しょうげき》を受け、虚《うつ》ろな目をして口をぽかんと開けたままの者。重傷すぎて何も表現できない者もいた。

天皇陛下がラジオ放送で御自《おんみずか》ら国民に語られたのは、八月十五日の正午。前日のことだった。だが、広島では、機能するラジオを持っている者などほとんどいなかった。そのため、終戦の知らせは翌日まで伝わってこなかった。衛生兵たちは、武装解除を命令されていたのだ。しかし、その彼らでさえ、なぜ武装解除するのかがわかっていなかった。

ようやく判明した。帝国は降伏《こうふく》したのだ。無条件降伏だった。

9 安楽死

終戦後、私は宇品《うじな》の陸軍病院（正式には廣島《ひろしま》第一陸軍病院宇品分院）へ転院した。ここには軍人と軍属《ぐんぞく》が溢《あふ》れていた。ベッドが壁《かべ》に沿って何床《しょう》も並び、その内側にも蛇《へび》のようにくねくねと置かれていた。その隙間《すきま》を医療《いりょう》スタッフがやっとのことで通り抜《ぬ》けているというありさま。もちろん満床《まんしょう》で、看護婦と助手が忙《いそが》しく行き来していた。

この陸軍病院でさえ、医療物資は不足していた。包帯、ガーゼ、綿棒、痛み止めや常備薬など、基本的な治療《ちりょう》の必需品《ひつじゅひん》さえ足りなかった。全くないものさえあったほどだ。看護婦と介護人《かいごにん》は傷の手当をし、興奮《こうふん》している怪我人《けがにん》を落ち着かせ、食事の世話をし、身体を拭《ふ》いたり慰《なぐさ》めの言葉をかけたりしながら、病院の中を動き回っていた。医者を見ることはあまりなかった。数が少ないので、一ヵ所に長く留《とど》まってはいられなかったのだ。

この宇品の陸軍病院に入院中、それは爆撃《ばくげき》から一ヵ月ほど経《た》った頃《ころ》だが、私たちを襲《おそ》った恐《おそ》ろしい爆弾《ばくだん》の正体を知った。それは普通《ふつう》の爆弾ではなく、原子爆弾という、たった一個の巨大爆弾だった。ピカッと光り、ドンと鳴ったので、みな「ピカドン」と呼んでいた。広島が全滅《ぜんめつ》した三日後に、長崎《ながさき》にピカドンが落とされたことも知った。

病院では、その爆弾の奇妙《きみょう》な性質についていろいろな噂《うわさ》が飛び交《か》っていた。毒ガス爆弾だった、地上に届かないうちに爆発《ばくはつ》した、今後何世代も人間が住めない土地になった、広島や長崎には何十年にもわたり草木さえ生えないだろう……。

こんな話に、私はなるべく耳を貸さないようにした。父なら、想像にまかせた噂話など、あっさり無視するに違《ちが》いないと思ったからだ。私もそうしようとしたが、難しかった。心の内に宿る恐怖心《きょうふしん》が、噂話を完全に遮断《しゃだん》することを拒《こば》んだようだ。

最初の一ヵ月間、ほとんどを天井《てんじょう》を見ながら過ごしていた。小屋浦《こやうら》小学校の天井に現れた友達は、宇品《うじな》の陸軍病院までついてきてくれていた。天井に浮かぶつるんとした顔が、私のたった一人の仲間だった。

身体を少し動かすことさえ一大事だった私にとって、視界に入る景色といえば、天井と壁だけだった。幾日《いくにち》も幾夜《いくよ》も過ごして、壁の隅《すみ》から隅までの様子が頭に入ってしまっていた。熱心な観察者であることしかできなかったのだから。どのへこみにも割れ目にも愛着を持った。ひとつの角から広がっているクモの巣、ぎざぎざの表面に溜《た》まった埃《ほこり》の塊《かたまり》など、どんなことにも目がいき、その様子を脳が覚えた。

毎朝、陸軍の青い星の紋章《もんしょう》のついたスープ皿でお粥《かゆ》を食べさせてもらった。自分で食べる力はないうえ、食欲もほとんどなかったが、看護婦に励《はげ》まされて何とか食べきるようにした。

青い紋章を見るたびに、この戦争についていろいろと考えた。父は戦争が長引くなか、軍部の決断に疑問を持っていた。私自身も、「絶対に勝つまで戦う」という決意に確信が持てなくなっていた。実際の戦況《せんきょう》が公表されなかったことに強い不満を感じた。敗戦までに何百万人もが亡《な》くなった。国民が払《はら》った代償《だいしょう》の大きさを思うと、私の心は沈《しず》んだ。

九月はよく雨が降った。病院には、黴《かび》くさい臭《にお》いが漂《ただよ》っていた。それは、私たちに掛《か》けられた薄《うす》いシーツにも染《し》みついていた。

私の身体は癒《い》え始めていた。顔と身体のひどい腫《は》れは引いてきた。きれいに皮が剝《む》けた背中にも、新しく薄い層ができた。まだ歩けはしなかったが、足の傷がふさがりつつあった。

火傷《やけど》と傷から来る激痛も薄らぎつつあったが、この頃《ころ》になると、身体の内側が何か不思議な病気に蝕《むしば》まれているのではないかと気になり始めた。髪《かみ》の毛がバサッとまとまって抜《ぬ》けるし、剝き出しの頭皮は痒《かゆ》い。微熱《びねつ》も続いた。ときには寒気《さむけ》が止まらず、また冷《ひ》や汗《あせ》がぐっしょり出ることもあった。食欲はなく、食べたものを胃の中に留《とど》めておくのが辛《つら》かった。吐《は》き気《け》と下痢《げり》が続いた。

血液検査をした看護婦の様子から、白血球の数が急激に増えているのがわかった。傷と火傷が癒え始めているというのに、私はどんどん衰弱《すいじゃく》していったのだ。

内なる病に冒《おか》されていたのは、私だけではない。病棟《びょうとう》のほとんどの患者《かんじゃ》が、同じように苦しんでいた。

ピカドンが落とされてからの数日間、大勢の人が亡《な》くなるのを目にした。栄橋で、東練兵《れんぺい》場《じょう》で、ありとあらゆるところで、黒焦《くろこ》げになって二度と起き上がることのない人を見た。道端《みちばた》に積み重ねてあった数多くの遺体。遺体を山積みにした荷車を仮設火葬場《かそうば》まで押《お》す兵士が、小人のように小さく見えたのを覚えている。勧業《かんぎょう》銀行や府中の小学校でも、多くの怪我人《けがにん》が動かなくなってしまうのを見た。

原爆《げんばく》投下から幾日《いくにち》か、そして幾週間か経《た》つうちに、人が死ぬ頻度《ひんど》が減っていった。なす術《すべ》もなく死に向かうだけの怪我人とは違《ちが》い、生存へと向かい出す人が多く見られるようになった。私自身もそうだが、火傷や傷がゆっくりと癒え始めた人を見るようになった。新しい皮膚《ひふ》が生《なま》身《み》を覆《おお》うようになり、折れた骨はくっつき、傷口が閉じ始めてきた。

それなのに、内からの病に冒されて苦しみ出す人が出てきたのだ。

ピカドンの後遺症《こういしょう》であることは間違《まちが》いない。

この病気は、爆撃《ばくげき》で受けた火傷《やけど》や傷と直接関係しているようには思えない。必ずしも怪我《けが》や火傷の度合いが重いから、内側の病気が重くなるというわけではなかった。双方《そうほう》に関係性はない。あまり大火傷をしていなかった患者《かんじゃ》がいきなり死んだり、重傷者《じゅうしょうしゃ》が生き延びたりという矛盾《むじゅん》が何度も何度も起こった。

この不気味な病気のせいか、私は父を思うことが多くなった。

父さんはどこにいるのだろう？　どうしているのだろう？　いつ病院へ来て私を見つけてくれるんだろう？　この粉々になった広島で果たして再会できるのだろうか？

不安が強まっていく。だが、東練兵場《れんぺいじょう》の雑踏《ざっとう》の中で一度は離《はな》れ離《ばな》れになりながらも再会できたという事実を思い出して、なるべく絶望しないようにした。

患者の中には、家族が見舞《みま》いに来てくれる人もいた。母親、姉妹、妻などが来て怪我人に付き添《そ》っていた。病人にスプーンで食べさせ、毛布を調達《ちょうたつ》して暖かくしてやっていた。

私には見舞ってくれる人がいない。完全に一人ぼっち。退院する患者が家族と一緒《いっしょ》に去っていくのを見るにつけ、私はここを一人で出ていくのかと思った。出ていくのはいいとしても、どこに行ったらいいのかわからなかった。

従姉《いとこ》の光子が市内に住んでいた。しかし、光子も光子の家族も、爆撃のあと何の音沙汰《おとさた》もない。助かったのかどうかわからないし、市内にまだいるのかどうかもわからなかった。どうか光子たちが助かっていて、父を探し当ててくれていますようにと強く願った。

父にそばにいてほしかった。病院には、治療《ちりょう》をしてくれる医者や看護婦がいる。食べ物もあれば、眠りにつけるベッドもある。爆発直後《ばくはつ》にはなかったものがたくさんある。けれども、父がいない。環境《かんきょう》のうえではずっとよくなっていたのだが、私は爆撃のあとよりも今のほうが不安で怖《こわ》く感じていた。

恐怖《きょうふ》にかられたのは、周囲の患者の具合がどんどん悪くなっていったからだ。大勢が高熱を出した。歯茎《はぐき》が醜《みにく》く紫《むらさき》色になり、腫《は》れあがって出血する。嘔吐《おうと》し、身体が引きつけを起こしたようになる。こうした症状《しょうじょう》に対して看護婦は、苦痛を和《やわ》らげようとする以外は何もできないようだった。水で濡《ぬ》らした布を絞《しぼ》って額《ひたい》を冷やし、震《ふる》える身体に毛布を掛《か》け、スープを一生懸命《けんめい》飲ませた。

症状が最悪になると、必ず看護婦が注射器を持ってきた。身悶《みもだ》えする患者は注射を打ってもらった。するとその患者は、翌朝、冷たくなっていた。

注射と死が繰《く》り返されるのを目《ま》の当たりにすれば、生きている患者はいろいろなことを考える。「安楽死の注射」という言葉が囁《ささや》かれるようになった。その囁きを、患者たちは医者や看護婦に聞かれないように気をつけていた。誰《だれ》も「安楽死の注射」について尋《たず》ねる勇気など持っていなかった。

最悪の状態の患者《かんじゃ》のところにだけ、「安楽死の注射」を持った看護婦が来る。親身になって看護してくれている彼女たちは、一方で暗い秘密を胸に隠《かく》しているのだろう。私たちは日に日に誰《だれ》も信じられなくなっていった。

やがて、私自身の病状が悪化していった。快適な気温のはずなのに、悪寒《おかん》で震《ふる》えた。熱がこれまでにないほどに上がっている。先ほど熱を測ってくれた看護婦は、体温計を見て顔をしかめた。四十度を超《こ》えていたのだろう。白血球の数は二万を超えていた。もうひと口も食べることができず、スープなどの液体でさえ胃の中に留《とど》めておけない。激しい吐《は》き気《け》が休むことなく続き、腹部を痙攣《けいれん》させた。

私は、死が近づいているのを感じた。

不思議なもので、爆撃《ばくげき》のあとには「この激痛に耐《た》え続けるくらいなら、いっそ死んで楽になりたい」と願い続けていた。なのに、今は「生きたい」と思うようになっていた。

死ぬのが怖《こわ》かった。一人で死ぬのが怖かった。家族に二度と会うこともなく、家族がいったいどうなったのかを知ることもなく、一人で死ぬのが。

母の優《やさ》しさ、兄の勇気、父の強さを思った。もう一度会いたいと願った。私が人生の最後に見るのは、家族の顔ではなく、天井《てんじょう》に浮かぶ友達なのか。

こうした恐怖《きょうふ》に、自分の精神状態を侵《おか》されたくなかった。死を快く迎《むか》える準備をしなくてはいけない。もしこの身体に宿る命が終わるのなら、流れを受け容れてあの世に行く。それが仏の御心《みこころ》だ。死ぬということは生まれるということ。仏の教えを学んで育った私は、それを実践《じっせん》しなければならない。

煩悩《ぼんのう》から解脱《げだつ》する準備をしようと一生懸命《けんめい》試みた。瞑想《めいそう》が精神を満たすように、小声でお経《きょう》を唱えた。南無阿弥陀仏《なむあみだぶつ》、南無阿弥陀仏。

夕暮れが訪《おとず》れた。薄暗《うすぐら》い部屋で、一人の看護婦が私に近づいてくる。注射器を手に持っている。私は全身が震えた。朦朧《もうろう》として、精神が錯乱《さくらん》したかのように思われた。

私は目を閉じた。「これで終わりじゃ。さようなら」と自分自身に言った。

注射の針が、ぶすっと腕《うで》に刺《さ》さった。

10 男であること

ここはどこなのか、自分は何をしているのか――。

朦朧《もうろう》としてわからないまま、そっと片目を開けてみた。

いつもと同じ、ちくちくする薄《うす》い毛布が一枚、身体に掛《か》かっていた。大勢の患者《かんじゃ》の体臭《たいしゅう》が入り混じった、あの病棟《びょうとう》の臭《にお》いがする。

やがて目の焦点《しょうてん》が合い、馴染《なじ》みのある天井《てんじょう》がうすぼんやりと認識《にんしき》できるようになった。それでわかった。自分は生きていると。あの注射で死ななかったのだと。

すっかり目覚めて、ベッドの上で手足を動かしてみる。ちゃんと動く。しかも、気分が良くなっている。この何日もの間で初めて、私の眉《まゆ》には汗《あせ》がたれていなかったし、悪寒《おかん》は消えていた。時化《しけ》た海のような吐《は》き気《け》もやみ、胃も穏《おだ》やかになっていた。

朝食を少しだけ摂《と》ることができた。ほとんど何も食べられない日が何日も続いたので、カップの中の重湯《おもゆ》にさえ豊かな味わいを感じた。熱を測った看護婦は、体温計を見て眉間《みけん》に皺《しわ》を寄せず、にっこりと私に微笑《ほほえ》みかけた。

たったひと晩で、これほど劇的な変化が起きるとは！　恐怖《きょうふ》をもたらしたあの「安楽死の注射」は、死にそうな命を生きる命に変える薬だったのだ。

私の体内には活力が戻《もど》っていた。実に久しぶりに、自分の身体をまともに感じた。何週間もただじっと寝ているだけだったので、少しでも体勢を変えられるのが奇跡《きせき》のようだった。まだ身体に痛みは残っていたが、内側の恐《おそ》ろしい病気が和《やわ》らいだ気がした。おかげで精神状態は、健全なほうへと変わっていった。朽《く》ちていく身体とともに感じていた孤独《こどく》から、自由になったと思えた。私は、天井の友達に別れを告げた。

患者の多くは、まだほとんど身体を動かせず、内なる病に冒《おか》されたままだった。私の怪我《けが》と火傷《やけど》はひどいものだったが、病棟で周りを見渡すと自分の状態が幸運であるとさえ思えた。

一方で、私は猛烈《もうれつ》に家族が恋《こい》しくなった。一緒《いっしょ》に暮らしていた頃《ころ》を思い出した。卓袱台《ちゃぶだい》で摂った食事を思った。ラジオの周りに座って一緒に落語を聴《き》いたことも思い出した。落語家の抑揚《よくよう》に富む声を聴いて、父は腹の底から笑った。私たちは父の笑い方がおかしくて、いっそう大笑いをしたものだった。

目が覚めている間、私はいつも家族の一人一人がどうなったのだろうかと考えていた。父さんは一人で市内にいるのだろうか？　誰《だれ》か親戚《しんせき》に会えて助けてもらったのだろうか？　父さんの傷は誰かが看《み》てくれたのだろうか？

兄さんはフィリピンにまだいるのだろうか？　陸軍に解放されていつ家に帰る許可がもらえるのだろうか？　私は兄の帰りがこの上なく待ち遠しかった。

母さんはまだ生きているのだろうか？　岡山《おかやま》に疎開《そかい》する前は、肝硬変《かんこうへん》で重態だった。黄疸《おうだん》がひどいうえ、腹に水がたまって息をするのも苦しがっていた。近所の内科医院の齋藤清《さいとうきよし》先生が毎週往診《おうしん》に来てくださり、腹水を二リットル近くも抜《ぬ》いて苦痛を緩和《かんわ》してくださっていた。太い注射針が母の腹に何度も刺《さ》されるのを思い出した。

本当のところ、母は旅をするには病状が重すぎた。しかし、父と私の重荷になりたくないと思ったのだ。私たちの世話はできないし、自分の面倒《めんどう》さえみられない。だから、故郷の村に住む従姉《いとこ》の重代《しげよ》おばさんと一緒《いっしょ》に住みたいと主張した。重代おばさんは娘を連れて、広島まで母さんを迎《むか》えに来てくれた。

学童と病人以外、旅は禁じられていた。母は重病だったので、疎開する許可証を発行してもらうことができた。しかし父と私は、旅行を禁じられていて見舞《みま》いにも行けない。私たちはみな、この別離《べつり》が何を意味するのかわかっていた。母の病状は重かった。その日が最後の別れになるであろう。誰も言葉にしなかったが、もう二度と会えないに違《ちが》いない。

家族がばらばらになったのは、これが初めてではない。兄と私の産みの母である千代乃《ちよの》が亡《な》くなったとき、二歳《さい》の私は母のおじのところへやられた。清四郎《せいしろう》おじさん——私には大おじにあたるが——は、幼い私を自分の家に連れて帰り面倒をみてくれた。兄は六歳だったので父のところに残った。

清四郎おじさんは、千代乃の最期《さいご》の望みを叶《かな》えてあげたのだ。千代乃は亡くなる少し前、清四郎おじさんを枕元《まくらもと》に呼んだ。姪《めい》が何か頼《たの》み事《ごと》をしたいということがわかったおじさんは、何でも遠慮《えんりょ》せず言えと促《うなが》した。が、迷惑《めいわく》をかけたくなかった千代乃は、願いを口に出せないでいた。その数日後、千代乃は亡くなった。

葬式《そうしき》のとき、清四郎おじさんは、私たちの隣人《りんじん》が私を養子にもらって自分たちの息子《むすこ》として育てるのだと話しているのを聞いた。それが本当かどうか、おじさんは父に訊《き》いた。

「約束はしとらんが、もろうて自分らの息子として育てたいいうのは言われとる」

父の答えを聞いて、おじさんには、千代乃が死の床《とこ》で頼みたくても頼めないままでいたのが何だったのか、わかった。すぐさま隣人夫婦のところに行き、千代乃の死後は末の息子は自分が育てると約束したのだと説明した。経緯《けいい》は現実とは多少異なっていたが、清四郎おじさんはそれが姪《めい》の望むことだと確信していた。

「すまんのぉ。じゃが、進示《しんじ》はわしが連れて帰る」

こうして、私は父と兄のもとを離《はな》れた。大おじさんとその妻が住む呉《くれ》に行ったのだ。清四郎《せいしろう》おじさんは裕福《ゆうふく》で、家は広かった。おじさんもおばさんも私に優《やさ》しかったのは知っている。しかし、当時の私は小さすぎたので、その家での生活のことは全く覚えていない。

清四郎おじさんは、とても頼《たよ》りがいのある親戚《しんせき》だった。兄と私の生活を守るため、いろいろと手を尽《つ》くしてくれた。

千代乃《ちよの》が亡《な》くなってから何ヵ月もの間、千代乃の姉のなみに、私の父と結婚するように強く薦《すす》めた。なみ伯母《おば》さんはいったんは嫁《とつ》いだが、夫の素行の悪さから離縁《りえん》していた。千代乃が亡くなって私が清四郎おじさんのところに引き取られたときには、なみ伯母さんは京都で縫《ぬ》い物をしたり、縫った着物を売ったりして生計を立てていた。

清四郎おじさんは、姪であるなみにしきりに結婚を勧《すす》めた。

「お前ももう若うはない。二人の男の子を育てときゃ、年をとってもどっちかが面倒《めんどう》をみてくれるけぇ。一人で老後を迎《むか》えるいう事態にはならんで済むんで」

当時は、このような実利的な結婚は一般的《いっぱんてき》だった。

なみは拒否《きょひ》し続けた。しかし、清四郎おじさんはあきらめなかった。時間はかかったが、結局なみは結婚に同意した。兄と私を思う気持ちが、なみを動かしたのだった。私が小学校へ上がる直前に、なみ伯母さんは父と結婚。私は家に戻《もど》ることができた。

私の人生を左右するこの一連の出来事は、すべてあとになって聞いた話だ。私は、上柳町《かみやなぎちょう》の家で四人で暮らしていたということしか覚えていない。

兄と私は、いつも「なみおばさん」と呼んでいた。父と結婚して母親になっても、「おばさん」だった。「お母さん」と急に呼び方を変えるのが照れくさかったのだ。

戦争が始まって召集《しょうしゅう》されることがわかると、兄と私は約束をした。戦地から生きて帰ってこられたら、「お母さん」と呼ぼうと。本当の母親なのだから。ひょっとして私たち兄弟は、「お母さん」と呼ぶ機会を逃《のが》してしまったのだろうか?


身体の回復につれ、前よりはっきりとものを考えられるようになった。その頭の中は、家族への想《おも》いで占《し》められていた。

私の火傷《やけど》と怪我《けが》はかなり癒《い》えてきたが、右耳はそうもいかなかった。それどころか、痛みはどんどん悪化した。右耳は爆発《ばくはつ》直後から痛みがひどかったが、そのうち深紅《しんく》に腫《は》れあがって大きな固まりとなり、常にずきずきした。医者は、耳の軟骨《なんこつ》がひどい炎症《えんしょう》を起こしているが、もう薬では治せない。これ以上の悪化を止めて痛みを和《やわ》らげるには、右耳の大部分を切り取らなくてはならないと宣告した。

手術――。考えただけでも怖《こわ》かった。しかし、痛みが続くほうがもっと怖い。とにかく痛みがやんでほしかったので、自分の勇気を奮い立たせようとした。

私は、勇敢《ゆうかん》で強靱《きょうじん》な兄とは違《ちが》っていた。兄による指導はときにいじめのようだったし、私を支配しようというものでもあったが、それでも恋《こい》しく感じられた。その支配は愛情とユーモアに満ちていたので、ある程度大きくなると、兄による支配の仕方に感心さえするようになっていた。

あれは、私が六歳《さい》で兄が八歳ぐらいの頃《ころ》だった。兄は私の竹とんぼを壊《こわ》した。私はその竹とんぼがほかのどのおもちゃよりもお気に入りだったのに。兄は私のいないときにこっそりと竹とんぼで遊び、壊してしまったのだ。

兄はそのことを、正直に告白したくはなかった。といって、壊れたおもちゃについて知らないふりもできなかったのだろう。だから、策を練った。

壊れた竹とんぼの部品を集めて、掛《か》け布団《ぶとん》の下に突っ込んだ。そして私を探しに来た。

「おい進示《しんじ》。ちょっと来い。あれ見てみいや」

兄は、膨《ふく》れあがっている布団《ふとん》を指差して言った。

「気持ち悪りいのぉ。化《ば》け物かもしれんで」

私は臆病者《おくびょうもの》だった。化け物が布団の中にいるかもしれないと言われて、縮みあがった。その不気味な膨らみが何か調べてほしいと、兄に懇願《こんがん》した。

「そよに頼《たの》むんなら、ええで。わかった。僕《ぼく》が兄さんなんじゃけ、お前のために何者か見てやる」

兄はそう応じると、まるで化け物が今にも襲《おそ》いかかってくるかのように、一歩ずつ忍《しの》び足で布団の膨らみに近づいていった。私は兄の背中の後ろに隠《かく》れた。恐怖《きょうふ》で吐《は》きそうになるのと同時に、この奇妙《きみょう》な膨らみを相手にする兄の勇敢さに魅了《みりょう》されながら。

大げさな動作で兄が掛け布団をはねのけると、そこには、ばらばらに壊れた竹とんぼがあった。私は、化け物ではなかったことに安堵《あんど》し、竹とんぼがどうして壊れたのかと考えもしなかった。ひたすら、兄が私を守ってくれたことに感謝していた。まんまと兄の思惑《おもわく》にはまってしまったのだ。

そんな兄がここにいて、手術を受ける私を守ってくれたならどんなにいいことか。私一人では、ちっとも勇気が湧《わ》いてこない。

私は手術室のある別の病棟《びょうとう》へ連れていかれ、もう一人の患者《かんじゃ》の横に寝かされた。その患者は女性で、彼女も手術を必要としていた。

看護婦が私の耳を綿で消毒してくれているところに、医者が麻酔《ますい》注射を一本持ってやってきた。二人は手術の準備をしながら話をしていた。私はなるべく落ち着こうと、じっとそこに横たわっていた。医者が看護婦に、「この注射が、病院にある最後の麻酔薬《ますいやく》だ」と話しているのが聞こえた。

私はほっとした。自分はなんて幸運なんだ、最後の麻酔薬を使ってもらえるなんて。

そのとき、隣《となり》の女性がちらりと目に入った。裸《はだか》同然のその人の全身には、何百もの鋭《するど》い硝子《がらす》の破片が突き刺《さ》さっていた。その傷が炎症《えんしょう》を起こして膿《う》み、腫《は》れあがっていた。

その人も手術を待っている。私が最後の麻酔注射を打ってもらうということは……。

医者が注射器を差し出したとき、私は思わず声をあげた。

「待ってください。僕《ぼく》じゃなしに、あの人に麻酔をあげてください」

「自分は男じゃ。あの人は女で、より重症《じゅうしょう》じゃ。自分は男らしゅう痛みに耐《た》えます」

それから隣の女性のほうを目で示しながら言った。

医者と看護婦は、私をしばらくじっと見つめていた。

「本気か?」

医者はそう言って、耳の大部分を切り取るので、かなりの痛みだと忠告した。私は再び、麻酔注射なしでお願いしますと言った。

メスが切り込まれたとき、私は衝撃《しょうげき》を受けた。刃《は》が身を裂《さ》くように切り進んでいく。頭蓋《ずがい》骨《こつ》の中身が苦悩《くのう》で絞《しぼ》り出されるようだった。

　医者はなるべく早く処置を済ませようとしたが、ナイフを持つ手の素早《すばや》さもたいした助けにはならない。私は痛みで痙攣《けいれん》し、食いしばった歯から叫《さけ》び声が出た。意識を失えたらと心底思った。しかし、一瞬《いっしゅん》たりとも意識から逃《のが》れることはできなかった。

　手術が終わり頭に包帯が巻かれたあとで、やっと私は昏睡《こんすい》に陥《おちい》った。耐え抜《ぬ》いた激痛に疲《つか》れ果てて。

11　葉書き

手術は成功した。私の耳の部分に残されたのは、ぎざぎざした奇形《きけい》だった。術後しばらくの間は、激痛にさいなまれた。そのせいで不眠《ふみん》が続いた。ほんの少しでも痛みから意識が離《はな》れるように祈《いの》りつつ、ただベッドに横たわっているだけだった。

同室の隣《となり》のベッドには、同い年ぐらいの元兵士が入院していた。彼は東京出身だが、不運なことに原爆《げんばく》が投下された日に広島に来ていたという。

母親が東京から看病に来ていて、包帯を替《か》えては洗濯《せんたく》して干していた。温かいスープをスプーンで飲ませた。傷に触《さわ》らないように注意しながら息子《むすこ》の身体をそっと手拭《てぬぐ》いで拭《ふ》いてやった。息子が眠っている間は、傍《かたわ》らに座ってじっと見守っていた。母親の注意がほかに向くのは、針仕事のときだけだった。

それに対して私は、自分の家族からまだ何の連絡《れんらく》もなかった。日本は降伏《こうふく》したのだから、兄はもうすぐ帰ってくるに違《ちが》いない。兄が帰ってくれば、父を探してくれる。

ある朝、元気いっぱいの照男《てるお》が病棟《びょうとう》に走り込んできて、市内の様子を教えてくれた。廃墟《はいきょ》と化した広島だが、今はあちらこちらで息を吹《ふ》き返している。鉄道は再開。市役所や県庁も、郊外《こうがい》の寺などを借りて業務を再開していた。

爆撃《ばくげき》後数日の間に、家の損傷具合を見たり家族や知人を探したりするために、人々が市内へ入り始めたという。瓦礫《がれき》の中から役立つものを探して拾っている者、粗末《そまつ》な掘《ほ》っ立て小屋を建てて住み始めた者もいる。市や県、政府が稼動《かどう》して、市内の秩序《ちつじょ》は少しずつだが戻《もど》り始めたそうだ。

病院の中と同じように市内でも、落とされた爆弾《ばくだん》についての噂《うわさ》が飛び交《か》っていた。新聞は、あれは原子爆弾という新型で、B29が通常搭載《とうさい》している爆弾の二千倍もの殺傷力を持っていると報じた。また、長期間持続する放射能の影響《えいきょう》で、広島には七十年間は草木も生えないだろうと予測された。

占領軍《せんりょうぐん》がすぐにでも到着《とうちゃく》することになっていた。日本はアメリカをはじめとする連合軍の占領下に置かれることになるのだ。帝国《ていこく》軍部は解体され、政府は組織改革を受ける。病院でいろいろ考えると、その変化に眩暈《めまい》がするようだった。

入院して数週間が過ぎても、照男のほかには誰《だれ》も見舞《みま》いに来る者はいなかった。市内に親戚《しんせき》はひと握《にぎ》りもいない。皆《みな》どうしてるのだろうと思った。

従姉《いとこ》の光子は、市内の大洲町《おおずちょう》に夫と子供と暮らしていた。爆心《ばくしん》からは少し離《はな》れた場所だ。怪我《けが》なしに生き延びていてくれたらいいと願っていた。光子たちは、父を見つけることができただろうか？　父を迎《むか》え入れて必要な治療《ちりょう》を受けられるように助けてくれたのだろうか？

私の両親は、光子夫婦に特別に親切にしてきた。両親にとって、それは当たり前のことだった。父は問題解決の達人で、多くの若い人たちが直面する困難を解決してやった。母は心底面倒見《めんどうみ》が良く寛大《かんだい》な女性。父と結婚したのも、兄と私の面倒をみるためだったほどだ。

こんな逸話《いつわ》がある。

なみと千代乃《ちよの》の末の弟に、虎男叔父《とらおおじ》さんがいる。呉《くれ》の海軍工廠《こうしょう》にある海軍技手養成所を首席で卒業した虎男叔父さんは、私にとって英雄《えいゆう》だった。

虎男叔父さんが呉に住んでいた当時、よくうちに遊びに来たのを覚えている。私たち兄弟にいつも素晴《すば》らしいおもちゃをお土産《みやげ》に持ってきてくれた。あるときは、当時は貴重だった野球のグローブをそれぞれに持ってきてくれたし、あるときは、叔父さんが首席卒業のご褒美《ほうび》としてもらった金時計を見せてくれた。

卒業後、虎男叔父さんは海軍省に入って東京に住み始めたので、めったに会うこともなくなった。私はがっかりした。しかし順調に昇進《しょうしん》したうえ、裕福《ゆうふく》な家の女性と結婚した虎男叔父さんは、親族の誇《ほこ》りだった。

虎男叔父さんの奥さんが妊娠《にんしん》したとき、叔父さんは姉——私の母のなみ——に、東京へ来て出産の手伝いをしてくれるようにと頼《たの》んだ。歳末《さいまつ》に母が東京へ向かったのを覚えている。御節《おせち》料理を作ったりして正月のさまざまな祝い事を仕切る母がいなかったので、その年の正月はぐちゃぐちゃだった。

三月になって戻《もど》ってきた母は、お土産で私たちを驚《おどろ》かせた。

虎男叔父さんの奥さんは、双子《ふたご》を産んだ。初めて母となった奥さんは、二人の赤《あか》ん坊《ぼう》を自分だけで育てることに大きな不安を抱《いだ》いたようだ。そこで母は、赤ん坊を一人連れ帰って面倒をみると申し出た。赤ん坊を背負《せお》って、東京から長時間列車に乗って我《わ》が家に帰ってきたのだった。

その赤ん坊の清子は、三年間私たちと一緒《いっしょ》に暮らした。私たち兄弟は、妹ができたような気がしてうれしく、清子を溺愛《できあい》した。母は、私たちにしてくれたように、献身的《けんしんてき》に清子の面倒をみた。私たち三人とも、母が腹を痛めて産んだ子ではなかったが、実の我が子のように可愛《かわい》がってくれた。

清子が母の孫だと勝手に思い込んでいた隣人《りんじん》は、実は姪《めい》だとわかると仰天《ぎょうてん》した。「我《わ》が子や孫でも育てるのは大変なのに。いったい何で姪っ子にそこまでできるんか?」と、感嘆《かんたん》して言った。隣人たちは、兄と私が実は母の甥《おい》だとは知らなかったくらいだ。

清子が東京の両親のところへ戻《もど》るときが来て、兄と私はとてもがっかりした。せっかく妹だと思って可愛《かわい》がっているのに返さないでくれと懇願《こんがん》した。父は、清子の母親が双子《ふたご》の姉と一緒《いっしょ》に育てられるに十分なほど大きくなったのだから、これが正しい道だと言った。それでも駄々《だだ》をこねる私たちを、父は叱《しか》った。

「清子は子犬じゃない。将来ちゃんとした家に嫁《よめ》に行かせられるまで全責任を負うて面倒《めんどう》がみれるんじゃなけにゃあ、ただ可愛いけぇ言うてここには置いとかれん。母さんもワシももう年じゃけ、ここに置いとくのは無責任じゃ」

私は、元兵士の母親が全精力を注ぎ込んで息子《むすこ》の看病をしているのを見ていた。私の母も、同じようにしてくれたに違《ちが》いないと確信していた。

元兵士の母親が私を憐《あわ》れんでいるのがわかる。一日じゅう、黙《だま》ってひたすらじっと横たわっている私のほうを、ちらっ、ちらっと見ていた。その目には、私の孤独《こどく》が映っていた。

息子の横の簡易ベッドで寝ていた母親は、毎朝私が目を覚ますと、微笑《ほほえ》んで「おはよう」と挨拶《あいさつ》をし、身体の具合はどうかと訊《き》いてくれた。その目には常に憐憫《れんびん》の情が見て取れた。

私は寂《さび》しくて気分が落ち着かず、そわそわしていた。退院するにはほど遠い。歩くことさえできない。それでも、父や母や兄のことが知りたくて仕方がなかった。足さえ動いてくれたら、ベッドから飛び降りて府中に走って行き、別れたあとの父の足跡《あしあと》を辿《たど》るのに。陸軍第二総軍司令部へ、兄がいつ帰ってこられるのか訊きに行くのに。そして岡山《おかやま》へ、もしかするとまだ生きているかもしれない母に会いに行けるのに。

ある日、元兵士の母親が、私に少し興奮《こうふん》気味に話しかけてきた。息子に朝食を食べさせ、枕《まくら》の位置を頭の下で整えてやり、包帯を洗濯《せんたく》して干して……という毎朝の看病の作業を終えていた。しばらくして息子が心地《ここち》よく眠りについたので、少し手が空いたのだ。

持ち物の中から官製葉書きを一枚取り出して、私の前でひらつかせた。彼女は、私が家族に葉書きを出せばよいと思いついたのだ。すべて焼けただれた広島には、葉書きを持っている者などいなかったし、売っているところもなかった。この母親は、東京から来る際に葉書きを何枚か持ってきていた。その大切な一枚をくれると言うのだ。

「誰《だれ》に葉書きを出したい？」

彼女は私に訊いた。私は母に葉書きを送りたかった。万一母がまだ生きてくれているなら、私のことを何とか知らせなければならない。

私はうれしくて、深く感謝した。だがすぐに、自分の身体の限界を悟《さと》り、羞恥心《しゅうちしん》で下を向いた。

「どうしたの?」と、その母親が訊《き》く。「もう私の家族には連絡《れんらく》してあるから、この最後の葉書きをあなたが使ってくれていいのよ」

「本当にありがとうございます」と、私はもごもご言った。「でも、まだ右手をよう使わんのんで字が書けんのです」

彼女は、蝿《はえ》を追い払《はら》うがごとく簡単に私の懸念《けねん》を追い払った。

「あら、ごめんなさいね。気がつかなくて。代筆してあげるって最初から言えばよかったわね。大丈夫《だいじょうぶ》よ」

それを聞いて、私は感謝の言葉も思いつかなかった。

私が口にする簡素な内容を、その女性はしっかりと代筆してくれた。

なみ母上殿《どの》
僕《ぼく》は顔と右腕《うで》と背中と右足に火傷《やけど》をしましたが、もう大丈夫です。今月末ごろには会いに行けると思います。元気で待っていてください。
重代おばさんへ

七月末に母さんを迎《むか》えに来てくださったときに爆弾《ばくだん》が落ちなくて、よかったです。母さんの面倒《めんどう》をみてくださって本当にありがとうございます。隣《となり》の人が代筆してくださいました。

昭和二十年九月二日

美甘進示《みかもしんじ》

その人は、葉書きをすぐに投函《とうかん》すると約束してくれた。私は、母がいる岡山《おかやま》の田舎《いなか》へ届くにはどれくらいかかるだろうかと思い、どうか間に合ってくれ、とかすかな望みをかけた。

12 退院

葉書きが、岡山《おかやま》にいる母さんが生きているうちに手元に届きますように——そうひたすら祈《いの》ったが、本心では無理だろうと思っていた。最後に母を見たときでさえ、すでに状態がとても悪かった。それから数ヵ月は経《た》っているのだから、生きて葉書きを読む可能性はとても低いだろう。

でも、祈るしかない。それに母の親戚《しんせき》に連絡《れんらく》がつけば、なんだか父と兄との再会も近くなるような気がしていた。父は岡山に何とか連絡したのだろうか。

私の身体は少しずつよくなってきたが、それにしても時間がかかり、いらいらした。ひどい火傷《やけど》を負った右半身の回復はなかなかはかどらない。腕《うで》は痛みであまり動かず、肘《ひじ》を曲げることはほとんどできなかった。右手で箸《はし》を持つことさえできなかった。頭の右側は、耳の手術後の痛みで疼《うず》いていた。

それでも、やっと立てるようになった。そこで脚力《きゃくりょく》回復のために、混雑した朝の病棟《びょうとう》の中をそろりそろりと歩き回った。長らく寝ている間に脚《あし》は弱っていた。筋肉がふにゃふにゃして頼《たよ》りない感覚。右腿《もも》の大怪我《おおけが》は口を閉じていたが、筋肉はさっぱりだった。

私は落ち着かなかった。気持ちは揺《ゆ》らいでいた。早く良くなって退院したいのはもちろんだが、同時に、退院したらいったい何が自分を待ち構えているのだろうという怖《こわ》さもあった。

家は破壊《はかい》されてしまった。戦争が終わって陸軍の兵器補給廠《しょう》の仕事はなくなった。怪我の回復がまだこんな調子では、単純作業の仕事さえできない。右手はとても弱く、電気の仕事をしようにも道具を持てなかった。しかも指は強張《こわば》って、動きがとても遅《おそ》い。昔なら複雑な回線も難なく操《あやつ》っていたのに、そんな手先の器用さなどどこかに行ってしまったのだ。

家族を想《おも》う気持ちは、いっそう強まっていった。身体が癒《い》えて退院の日が近づくにつれ、どうやって自分一人で生きていけばいいのか、ますます心配になってきた。健康状態が回復すればするほど、この新しい不安にさいなまれるようになった。

生き長らえたことは本当に幸運だ。それはよくわかっていた。しかし、身体が自由にならないうえ、家族もいないのでは、どこに行ったらいいのかも、どうやって生きていったらいいのかもわからない。どこから手をつければいいというのか。

今こそ兄が必要だった。まだ兄の消息が摑《つか》めていないことが心配だった。照男《てるお》によると、戦地から兵隊はどんどん帰ってきているが、まだ復員してない兵隊もたくさんいるという。照男は兄について何か知らせがないか、常に気にかけるようにすると約束してくれていた。

私を診《み》てくれた医者はとても優《やさ》しかった。退院後の私を待ち受けている状況《じょうきょう》についても理解があって、もうあまり長く入院する必要はないことがはっきりした時点で、「もし必要ならもう少しここにいてもいい」と言ってくれた。

だが、たとえ一週間ほど退院を延ばしたとしても、それで何かが解決するわけではない。とにかく退院までに兄が帰ってきてほしいと強く願っていた。兄の到着《とうちゃく》をまだかまだかと待ちわびていた。

十月半ばのある日、見覚えのある顔が歩いてくるのが見えた。従姉《いとこ》の光子だった。それがわかると気分がうきうきしてきた。親戚《しんせき》がやっと見舞《みま》いに来てくれた！

光子は、十二歳《さい》になる娘の幸子を連れていた。互《たが》いに懐《なつ》かしく挨拶《あいさつ》をしたが、私は、彼女がしかめ面《つら》をしているのが気にかかった。そこからは警戒心《けいかいしん》と悩《なや》みとが見て取れた。話をしているうちに、その表情の理由がわかった。

退院したあと、私が光子とその家族のところに行って過ごすのは自然な成り行きだった。光子が市内に残っているたった一人の血縁《けつえん》なのだから。たった一人の血縁——病院で横たわっている間、私はそうならないことをずっと祈《いの》っていた。しかし、今こうして光子がやってきた以上、これは受け容れなければならない現実なのだ。

光子も、私が退院したら自分のところに来るものと思っていた。しかし彼女にとっては、それは簡単な問題ではなかった。というのも、夫がとても気難しいうえ偏屈《へんくつ》で、人がそばにいるのを嫌《きら》う人だったからだ。一人でいることを好み、自分の奇妙《きみょう》な言動の邪魔《じゃま》をする者を怒鳴《どな》り散らす。そのくせ、自分の妻の目がほかの者に注がれるのを嫌《いや》がる。光子には、自宅に私を住まわせると夫の機嫌《きげん》がどれほど悪くなるかわかっていたのだ。

光子は、こう言って私に釘《くぎ》を刺《さ》した。

「進示《しんじ》、しっかりようなってから来いよ。医者は近くにおらんけぇの」

自分で住まいや仕事を探せるくらい回復してから退院しろ、という忠告だろう。

私は、光子の口から父の消息を聞きたかった。彼女が父のことをひと言も口にしないのに驚《おどろ》いていた。私のほうから訊《き》く必要はない。触《ふ》れないということが、よくない結果を意味しているのは明らかだった。

母親の影《かげ》に隠《かく》れるようにして立ち、私の顔を興味津々《しんしん》に覗《のぞ》いていた幸子が、急に言った。

「お祖父《じい》ちゃんは？」

光子の顔は強張《こわば》り、娘に「しっ」と言ったあと、私から視線をそらした。

私は、心臓が床《ゆか》に落とされたかのように感じた。落胆《らくたん》が血の中で湧《わ》き上がった。この女の子の無邪気《むじゃき》な質問が暴露《ばくろ》したのだ。光子は父がどこにいるか知らないということを。市内にいる唯一《ゆいいつ》の親戚《しんせき》で、父を探して救いの手を差し伸《の》べることができる人なのに、その光子が父の居所を知らないのなら、誰《だれ》も知るはずはない。

私には信じられなかった。光子とその家族は大洲町《おおずちょう》に住んでいるので、爆撃《ばくげき》の被害《ひがい》も最悪なところと比べればだいぶましだ。しかも、父と最後に別れた府中からも遠くない。府中小学校までは歩いて三十分、自転車なら十分のところだ。それでも、光子は父を見つけていない。父を探したが見つからなかったのか？　探しもしなかったのか？

いや、そんなことはあるはずがない。父も母も、光子一家には長い間、本当によく世話をしてやったのだから。光子たちが居所を知らないのなら、大怪我《おおけが》を負った父は、いったいどうやって生き延びているというのだ。

退院の前日、古い友人が訪ねてきてくれた。小学校のときからの友達だった国夫《くにお》で、就職してからも互《たが》いに連絡《れんらく》をとりあっていた。

国夫の家は市内で駄菓子《だがし》屋をしており、子供の頃《ころ》よく遊びにいったものだった。店先にぎっしりと並んだ色とりどりの菓子《かし》や瓶《びん》に入った飴《あめ》を見て、わくわくしたのを覚えている。その頃の私には、駄菓子屋が世の中でいちばん素敵《すてき》な仕事のように思えた。

戦争が長引くにつれて、どんどん砂糖が手に入らなくなり、そのうち全く入手不可能になった。国夫の家は、飴のない飴屋をしなければならない羽目に陥《おちい》った。おもちゃやほかの小物など、手に入るものは何でも店に並べて何とかやっていった。

国夫が来てくれて、私の気持ちは少し晴れた。友達の顔を見るのはうれしい。この世に一人ぼっちではない気がした。

国夫は、何かできることはないかと尋《たず》ねた。翌日退院することになっていたので、友人に迷惑《めいわく》をかけたくなかったが、古着を調達《ちょうたつ》できないかと頼《たの》まざるを得なかった。退院するときに着るものがなかったからだ。国夫は喜んで承知してくれたうえ、明日は光子の家まで送ってくれると約束してくれた。

その夜はほとんど眠れなかった。私にとって、この病院は温かい避難所《ひなんじょ》でもあった。ここにいる限り、安全が保障されていた。退院後には、見知らぬ世界が待っている。衰《おとろ》えたままの身体でその世界に入っていくことになろうとは……。

翌朝、陸軍第二総軍の私が勤めていた課から一人の男が送られてきた。服を一着持ってきてくれた。それは民間人用の古着。ずいぶんと着古されたようで布は薄《うす》く、ところどころ擦《す》り切れて継《つ》ぎ当てしてあった。そして五百円の現金をくれた。私の一ヵ月の給料以上の金だった。軍属《ぐんぞく》である私への給付金だ。

病院の看護婦が毛布を一枚くれた。皆《みな》にそうするのかどうかはわからない。たぶん、そうではないだろう。私の面倒《めんどう》をみてくれた人たちは、私が仕事も家族も家もないまま退院していくのを知っていた。一着の服と一枚の毛布があり、約一ヵ月の給料がポケットに入っていた。それが、現実の世界に再び入っていく私の持ち物すべてだった。

約束どおり国夫が来て、大洲町《おおずちょう》の光子の家まで一緒《いっしょ》に歩いてくれた。彼も着古された服を一着用意してくれた。私は国夫が持ってきてくれた服に着替《きが》え、軍が支給してくれた服を病院がくれた毛布に包んだ。一瞬《いっしゅん》にして私の持ち服は二倍に増えた。

八月中旬《ちゅうじゅん》から十月中旬まで二ヵ月も屋内にいたので、太陽の暖かさと港の方面から吹《ふ》き込むそよ風が、懐《なつ》かしくも不思議な感じがした。私の足は完全に回復したとはとうてい言い難く、ゆっくりと歩いた。右腕《うで》はまだ強張《こわば》っていて肘《ひじ》が曲がらない。もしよろめいたら、手をついて受身の姿勢をとることはできない。国夫が病院を出てずっと私のすぐそばを歩いてくれた。

この二ヵ月ほどの間に、街は大きく変わっていた。あたり一面に充満《じゅうまん》していた火事や、肉体が焼ける鼻を突くような臭《にお》いはなくなっていた。

連合軍が到着《とうちゃく》していた。日本はもはや占領《せんりょう》下にあった。ただ連合軍は、広島に駐屯《ちゅうとん》しているわけではなかった。広島市内は破壊《はかい》されすぎていて、彼らが泊《と》まる場所がなかったからだ。彼らは呉《くれ》やほかの町を拠点《きょてん》にして、広島市内に出てくるのだった。私たちの街の通りをアメリカ人兵士たちが歩いていることに、何ともいえぬ違和感《いわかん》を覚えた。

私たちは、原爆《げんばく》の被害《ひがい》が少ない地域を歩いた。土地の表面の多くは、まるで染《し》みついたように灰で覆《おお》われていた。雪が吹き寄せられて溜《た》まっているかのように灰が積もっているところもあった。より深刻な損害を被《こうむ》っている部分も通った。爆風《ばくふう》と熱で建物が崩壊《ほうかい》し、通りを埋《う》めたままだった。

それでも、破壊《はかい》の中に生命の兆《きざ》しが見えた。仮設の住居が立ち並んでいた。行くところを失った生存者たちが、瓦礫《がれき》の中から金属や木材の板や屋根の瓦《かわら》を拾ってきて、粗末《そまつ》な小屋を建てていたのだ。家族は寄り合って屋外で焚《た》き火《び》をして料理していた。日用品や食料を売る店はなかったが、何でも載《の》せた荷車で行商する人がいた。学校は建物がないので、青空学級として再開されていた。

国夫と私は、光子の家の前で別れた。私は礼を言い、こんないい友達がいるのはとても幸運だと思った。

光子《みつこ》のところには、短期間しか滞在《たいざい》しなかった。お互《たが》いが予想していたよりも、もっと短い期間だった。光子たちのありとあらゆる素振《そぶ》りが、私のことを招かれざる客だと語っていたのだ。光子の夫は私のことを邪険《じゃけん》にした。家の中をなんとか平和にしようと、光子は私のことをほとんど無視。私はなるべく目立たないように、息をひそめるようにしていた。国夫やほかの友達に助けを求め、彼らの家に何泊《なんぱく》もさせてもらった。

光子の家は、私の存在が原因で緊張《きんちょう》に満ちていた。だから、十日やそこらで光子が私に知らせを持ってきたときは、ちっとも驚《おどろ》かなかった。

「近所の家の部屋を交渉《こうしょう》してやったけ」

光子はそう説明した。六畳《じょう》一間に下宿させてくれる人を見つけ、家賃を交渉したと言う。

「すぐにそっちへ移ったほうがいい」

と、私を促《うなが》す。私には選択肢《せんたくし》はなかった。従姉《いとこ》に腹は立たなかった。夫のせいで苦労しているのがよくわかったからだ。それでも、父と母からあれだけ世話を受けた光子夫妻が、どうしてこれほど自己中心的に振《ふ》る舞《ま》えるのかは理解できなかった。

荷物は何もない。退院時にもらった給付金を含《ふく》め、ほんの少しの身の回りのものを集めて、私は新しい住まいへと移った。市内にある唯一《ゆいいつ》の親戚《しんせき》との関係も消滅《しょうめつ》同然となったことで、気持ちは暗転した。次に何をするにしても、一人でしなくてはならない。

13 岡山《おかやま》

退院後の何週間、いや何ヵ月という間、私は友達にとてもよくしてもらった。病院を出ると国夫《くにお》や照男《てるお》によく会ったうえ、照男の友人の満男《みつお》や久《ひさし》とも一緒《いっしょ》に過ごした。

光子の近所の人の家に下宿はしていたが、友達と過ごす時間が長かった。彼らはみな、家族がいた。友達の家族は私に飯を食わせてくれたり、手を差し伸《の》べてくれたりした。

国夫の家は、原爆《げんばく》のあともわりと早い時期に商売を再開。闇市《やみいち》でものを買ったり売ったりして活発に商売をしており、店内は日用品で溢《あふ》れていた。国夫の家族は私にとても寛容《かんよう》で、店の棚《たな》から必要なものは何でも貸してくれたうえ、棚にあった食べ物もくれたのだ。そして、夕食に招いてくれて一緒に食べさせてくれた。

照男の一家も、私のことを見守ってくれていた。照男と母親は市中心部にあった自宅が全損したので、照男の姉さん夫妻の家に泊《と》まっていた。私はそこに遊びに行き、食事も振《ふ》る舞《ま》ってもらった。照男の母親も、国夫の家族と同じように私のことを心配してくれた。退院後に初めて会ったとき、彼女は、私の切り取られて異様な形になった耳を見て、叫《さけ》んだ。

「まあ、進示《しんじ》君！　奇形《きけい》にされてからに！」

原爆《げんばく》を落としたアメリカ人のせいで、という意味だ。

原爆で受けた衝撃《しょうげき》と戦慄《せんりつ》を振り返る。不確かな未来に目を向ける。私たちは、まるでシーソーのように揺《ゆ》れ動いていたと思う。

自分の生活の基盤《きばん》となるものを見つけるべく、前進しなければならないことはよくわかっていた。けれども、家族なしではそれは困難だった。兄が帰ってくれていたら、状況《じょうきょう》は違《ちが》っていただろう。曲がりくねった新しい道を一緒《いっしょ》に先へ進んでいけたはずだ。兄が帰ってくるまでは、私は戦争孤児《こじ》にすぎない。どんな理由でそうなったにせよ、社会は孤児や家族がいない個人を見下していた。

私には、未来への新しいドアを開く前に、きちんと閉じなければいけないドアがあった。

私は、仕事を探すまでの当面の生活費として、友人から三万円を借りていた。その金の一部で、母が疎開《そかい》した岡山県加茂町《おかやまけんかもちょう》に行く切符《きっぷ》を買った。母が生きているとは思っていなかったにしても……母が生まれ育ち、そしてたぶん亡《な》くなったであろう重代《しげよ》おばさんの家で、仏壇《ぶつだん》を拝まなければいけない。

重代おばさんには、きちんとお礼も言わなければならなかった。おばさんは末期の母を看病をしてくれただけでなく、原爆の恐怖《きょうふ》から母を救ってもくれたのだから。

家に到着《とうちゃく》すると、重代おばさんは、私をいつものようにとても温かく歓迎《かんげい》してくれた。私を引き寄せたおばさんの目には、涙《なみだ》が浮かんでいた。

重代おばさんは、誰《だれ》にでも好かれる人だった。実家の一人っ子として生まれ、従姉妹《いとこ》であるなみと千代乃《ちよの》と一緒に育った。三人の娘たちはまるで姉妹のようだった。重代おばさんは養子をとって六人の子供がいた。私の家族が上柳町《かみやなぎちょう》に住んでいたときは、六人の子供たちのうちの五人が代わる代わる下宿した。私の両親は重代おばさんの子供たちに、ありとあらゆる支援《しえん》をした。市内の優秀《ゆうしゅう》な学校に通う間住まわせただけではない。見合い結婚の話をまとめたり仕事を探したりしたのだ。重代おばさんと母の絆《きずな》はとても強かった。

おばさんの家の玄関《げんかん》に入ると、私はその絆の温かさに包まれたような気がした。私は間違《まちが》っていなかった。母は二ヵ月近く前に亡くなっていた。心の奥底で母が亡くなっていると思っていたが、最後にせめてもう一度だけ会いたかった。

重代おばさんは早く上がるようにと言い、食事を出してくれた。そして母の最期《さいご》の日々について語ってくれた。

母は、重代おばさんの家に到着《とうちゃく》したときには、すでにとても弱っていた。苦痛に耐《た》え、休んでいることも多かったが、親戚《しんせき》と有意義な時間も過ごしたそうだ。台所で椅子《いす》に座り、娘たちに料理のやり方を教えたという。実際にやって見せるだけの力はなかったので、丁寧《ていねい》に口で説明したのだ。みなでおしゃべりしたり笑ったりしながら、多くの時間を過ごした。痛みは激しかったはずだが、何も言わずにじっと耐えていた。母は私たちに会いたがっていたと、重代おばさんは言った。

疎開《そかい》して数週間後、広島に原爆《げんばく》が落とされた。翌日のラジオは、ところどころ割れるようなバリバリという音に混じって、「広島が数機のB29によって大きな打撃《だげき》を受けた。新型爆弾《ばくだん》が使用された模様。詳《くわ》しくは調査中である」と伝えた。しかし、その一報だけで、翌日の新聞にも詳細《しょうさい》はほとんど載《の》っていなかった。

母は、広島で何が起こったのか知りたがった。丸一日経《た》っても私たち父子から何の連絡《れんらく》もないので、取り乱さずに気丈《きじょう》に振《ふ》る舞《ま》うことはできなくなり、夫と息子《むすこ》の安否をひたすら祈《いの》り続けた。

しかし八月後半、喜一《きいち》という一人の遠い親戚が広島市内から村に到着したとき、その望みははかなく崩《くず》れてしまった。

喜一もまた、私の両親の寛容《かんよう》さの恩恵《おんけい》を受けた親戚の一人である。岡山《おかやま》の田舎《いなか》から広島市内へ仕事を探しに出てきたときに、両親が就職の世話をしたのだ。広島に住み始めた喜一は、やがて結婚し、家も購入《こうにゅう》した。

原爆投下時に、喜一も陸軍の第二総軍で働いていた。走って自宅へ戻《もど》ると、全壊《ぜんかい》した瓦礫《がれき》の下から妻の叫《さけ》び声が聞こえた。瓦礫の山を何とか動かそうと力を込めたが、妻を救い出すことはできない。大火事が激怒《げきど》したように市中を燃やしながら迫《せま》ってきて、喜一は困難な選択《せんたく》を強《し》いられた。

火事がおさまってから自宅があった場所に戻り、埃《ほこり》と灰で覆《おお》われた瓦礫の中から妻の遺骨を拾い出した。原爆投下から数週間後、喜一は妻の遺骨を墓へ納めに岡山へ戻ってきた。

喜一はそのとき、母に知らせたのだ。原爆投下後の何日間か喜一は父と私を探し、府中の小学校に父がいるのを見つけた。その場で喜一は、私の友人の兄と話す機会があったという。喜一はその人から私の状態を聞いたのだ。

「福一おじさんは助かるかもしれんが」と喜一は、母と重代おばさんに言った。「じゃが、進《しん》示《じ》は大火傷《おおやけど》じゃったけ、ありゃだめじゃろうて」

ここまで私に話してくれた重代おばさんは、話を中断して怒《おこ》り出した。

「喜一の馬鹿《ばか》たれが！　要《い》らんことを言うてからに！　何で、希望が持てるようなことを言うてやれんかったんか！　余命も短いいうのに！」おばさんは怒《いか》りで震《ふる》えていた。「おかげであれから、わしらが往生したわいな！」

その知らせは、母が抱《いだ》いていたほんの少しの希望と、生きる力をも失わせてしまった。母は嘆《なげ》き悲しんで気がふれたようになった。病気がもたらした激痛は気丈《きじょう》に我慢《がまん》していたのに、息子《むすこ》の死の知らせを聞いた苦悩《くのう》には耐《た》えられなかったのだ。

「息子が死んだ！　ああ、息子が死んだ！」

昼となく夜となく、私の死を嘆き悲しんだ。重代おばさんもほかの家族も、母を慰《なぐさ》めたり落ち着かせたりすることはできなかった。

「息子が殺された！　ああ、まだあよに若いのに！　息子が殺されたぁ！」

母は怒りを父にも向けたという。

「なんで父さんは、進示《しんじ》と代わってやらんかったんか！」

重代おばさんは、母のヒステリックで終わりのない嘆き方を思い出して、頭を横に振《ふ》った。

そんなとき、あの葉書きが届いた。それは九月十日のことだった。おばさんがお使いから帰ってくると、葉書きが土間に落ちていた。

葉書きを見てあまりのうれしさに我を忘れ、おばさんは、下駄《げた》を脱《ぬ》ぐのも忘れて玄関《げんかん》から母の枕元《まくらもと》へ走りだした。

「進示が生きとる！　進示が生きとるで！」

奇跡《きせき》が起きたとしかいいようがない。母は涙《なみだ》を流し、弱り切った身体を震わせた。おばさんもそばで一緒《いっしょ》に泣いた。知らない人の字で書いてある葉書きを二人で一緒にじっと見つめ、何度も繰《く》り返し読んだ。

それまで母は、怒りと嘆きに包まれていた。しかし葉書きを読んで、幸福感と満足感で満たされた。最期《さいご》の日々、母は喜びでいっぱいだったのだ。

その三日後、母は息を引き取った。九月十三日だった。それは兄の二十三歳《さい》の誕生日でもあった。母は、私が生きていることを知って、心安らかに永遠の眠りにつけたのだ。

重代おばさんは、私のことを誇《ほこ》りに満ちた目で見つめた。

「なんと親孝行な息子よのぉ。ほんま、ようあの葉書きを送ってくれた。お前は母さんを救うた！」

原爆《げんばく》のあとのこの数ヵ月、私はいろいろな気持ちを感じてきた。苦痛、怒り、嘆き、激怒《げきど》、不安、恐怖《きょうふ》、困惑《こんわく》……。私は無力感にさいなまれていた。しかし私は、無力ではなかった。ひとつだけ、素晴《すば》らしいことを成《な》し遂《と》げていたのだ。全身全霊《ぜんしんぜんれい》を込めて私を愛してくれた母の苦悩を、和《やわ》らげることができたのだ。

14 懐中時計《かいちゅうどけい》

母が最期《さいご》の数日、心の平和を見つけることができたと知り、私は深く慰《なぐさ》められて岡山《おかやま》から戻《もど》った。母が亡《な》くなっていたことはとても悲しかったが、自然の流れとして死は避《さ》けられないと覚悟《かくご》していた。

岡山への旅は、一方で、私に受け容れがたい知らせをもたらした。重代《しげよ》おばさんは兄から何も連絡《れんらく》を受け取っていなかった。また、喜一《きいち》が府中で会ったという父の様子から、何とか父に会えるのではないかという望みはあっさりと砕《くだ》かれた。

私が父と別れて数日以内に、喜一は、陸軍第二総軍本部の知り合いを通して父が府中の小学校にいることを調べた。そして、その小学校の体育館で父を見つけた。あの避難所《ひなんじょ》の状況《じょうきょう》は、少しも改善されていなかった。府中の村人たちは相変わらず親身に怪我人《けがにん》の世話をしていたが、医者も看護婦も、医療《いりょう》器具も薬も、食べ物さえなかった。

喜一が会ったとき、父はひどく衰弱《すいじゃく》し、憔悴《しょうすい》していたという。父の右腕《うで》は火傷《やけど》がひどく、膿《うみ》が滲《にじ》み出て、ひどい臭《にお》いがしていた。治療《ちりょう》はおろか、適切な消毒すらなされていないため、焼けただれた身は腐《くさ》り始めていた。喜一は、父の腐った腕の肉の中に骨が剝《む》き出しになっているのも見たそうだ。

重代おばさんからこの話を聞いたとき、私はショックのあまり、よろめいた。もはや最悪の事態を否定することはできない。父は別れたあとの数日の間に亡くなったに違《ちが》いない。

父の生死にもう疑いの余地はなかったが、それでも私は、広島へ帰ると父を探すことにした。知人の一人一人に、父の姿をどこかで見かけなかったか、父のことを誰《だれ》かに聞かなかったかと訪ねて歩いた。陸軍兵器補給廠《しょう》の昔の同僚《どうりょう》にも情報を求めた。実を言うと、私はそれ以外に、いったいどうやって父を探したらいいのか、また、どうやったら父の足跡《あしあと》を辿《たど》れるのか、思いつかなかった。喜一のほかには、誰も父を見た者はいなかった。

途方《とほう》に暮れた私が、やがて思いついた唯一《ゆいいつ》の場所があった。それは、私たち二人が絶望の淵《ふち》に追いやられたとき、父が私を連れていった場所——上柳町《かみやなぎちょう》の我《わ》が家のあった場所だった。

私と父は、東照宮《とうしょうぐう》からよろめきながら、何とか自分たちの住んでいた地区に戻ったのだった。家のあった場所へ戻ってきたことで、私の命が救われることとなった一連の出来事が始まったのだ。

家のそばの通りは部分的だが片づけられていて、何とか車や人が通れるようになっていた。しかし道端《みちばた》には、至るところに瓦礫《がれき》が山のように積んであった。瓦礫と絶望の荒野《こうや》だ。昔は緑が青々と茂《しげ》り、よく手入れされて塵《ちり》ひとつない美しいところだったのに。

あの夜、私たちを助けてくれた一家は、まだ島津《しまづ》家の倉庫に宿をとり、何とか生き延びていた。拾ってきたガラクタで仮の小屋を建て、生きるために何でもしている人たちがたくさんいた。この町の人々を包む絶望感が消えることがあるのだろうか。あれから三ヵ月以上が経《た》ったというのに、いまだに廃墟《はいきょ》のままの光景。自分が愛する土地だけに、その無残な姿がよけいに心に染《し》みた。

家があった場所に立ち、足元で瓦礫を蹴飛《けと》ばした。ほとんどのものが燃えて、形を残していない。壊《こわ》れた瀬戸物《せともの》の中に、父や私が使っていた茶碗《ちゃわん》の一部があった。私は、父が撮《と》った写真のことを思った。

私はとくに何を探すというわけでもなかった。とにかく一家の持ち物の残骸《ざんがい》を掘《ほ》り分け、何かを見つけずにはいられなかったのだ。

瓦礫に突っ込んだ手が避難《ひなん》用のリュックサックに当たったときには驚《おどろ》いた。父が逃げる直前に必死で探したのに見つからなかったリュックサック。厚く積もった煤《すす》を払《はら》いのけようと、私はリュックを拾って激しく揺《ゆ》すった。汚《よご》れているほかはなぜかあまり損傷していなかった。それを背負《せお》い、再び瓦礫の谷間深くに注意を戻した。ほかに何が見つかるか、と。

そのとき、視野の端《はし》で何かが光ったような気がした。真昼の太陽の光を受け、何か金属が反射したような……。

私はひざまずいて、土と灰を手で払いのけながら反射物を探した。

泥《どろ》と煤でいっぱいの円盤《えんばん》のようなものを見たとき、私の息は止まりそうになった。瓦礫の中から取り出した金属は、父の懐中《かいちゅう》時計だった。家の鍵《かぎ》が鎖《くさり》についていたのですぐわかった。

時計の正面を上に向けてみた。硝子《がらす》は爆風《ばくふう》で飛び散り、長針も短針も吹《ふ》き飛んでいた。金属は錆《さ》びて焼けただれていた。想像を絶する高熱は瞬間的《しゅんかんてき》に摂氏《せっし》数千度にも達し、針の影《かげ》を時計の文字盤《もじばん》に焼きつけていた。爆風のためほんの少しずれていたが、爆発《ばくはつ》の瞬間に時計の針が差していた時刻をくっきりと示していた。時計が止まった瞬間が、はっきりとわかる。

八時十五分。

父の懐中時計は、原子爆弾《ばくだん》の爆発と大火事の中で何とか形を残していた。爆発とともに動きを止め、永遠にその瞬間を示しながら。

懐中時計を手に残骸の上に立ち上がった私は、まるで時間が再び止まったような感覚に襲《おそ》われた。あの朝、この懐中時計《かいちゅう》が卓袱台《ちゃぶだい》の上にあったのを覚えている。手の中でゆっくりとこね回すようにして、私は懐中時計を見つめ、その重さを感じた。父はいつもこの時計を身につけていた。ポケットの中か手のすぐそばにあった。今私の手の中にあるこの丸い金属は、父の温かい指が長年なでて肌《はだ》に馴染《なじ》んでいたものだ。時計はここにある。でも、父はいない。

父の死が、もうひとつ原爆《げんばく》が落ちてきたかのように、私を粉々に打ち砕《くだ》いた。壊《こわ》れた柱や瓦《かわら》の上に立って、私は号泣《ごうきゅう》した。

どのくらい泣いていただろうか。気がつくと、涙《なみだ》とともに何かが流れ落ちたようだ。私の頭に妙《みょう》に現実的な考えが浮かんだ。父の死を役所に届けなければならない。死亡証明書を発行してもらわなければならない。そうしないと、遺族の恩給が受け取れない。私は、県庁のほうへと足を踏《ふ》み出した。

役人が父の死亡証明書を私に差し出したとき、すぐさま書類のある一行に目が留《と》まった。そこには、父の死因が「変死」と書いてあった。なんという漠然《ばくぜん》とした表現だろう。しかも「変死」だなんて！　何か尊くない原因での死に方であると示唆《しさ》しているようではないか。

熱い怒《いか》りが込み上げてきた。父は戦争のせいで死んだのだ。敗戦が明らかになってからも続けられた無意味な戦争。その犠牲《ぎせい》となった何百万人もの中の、まぎれもない一人なのだ。

私は、父の死を語る最後の言葉が真実であるべきだと思った。漠然とした言葉ではなく。戦争の愚《おろ》かさが、原爆とともに父さんを殺したのだ。

私が父と会うことは、もう二度とない。母と会うこともない。会うことができる唯一《ゆいいつ》の家族は、兄だ。兵士たちは戦地から帰郷し始めている。兄もきっと近いうちに戻《もど》ってくる。私はひたすらそう思い、希望を捨てずに待つしかなかった。

15　美代子《みよこ》

私は母と父の死を嘆《なげ》いた。しかし、いくら嘆いたところで私の状況《じょうきょう》は変わらない。金もなければ仕事もない。人々は市内へどんどん戻《もど》ってきていたが、生活を支えるものは何もない。日本全国でほとんどの人が失業しており、食べ物に困窮《こんきゅう》していた。

アメリカ軍が指揮をとり、国も県も市も広島を建て直す努力を始めていたが、まだ果てしない量の残骸《ざんがい》を取り除くことで精一杯《せいいっぱい》だった。

それが一段落したとして、広島をどう建て直すのだろうか。それまでの広島は、軍都と学園都市として栄えていた。帝国《ていこく》軍にとって広島は戦略的に重要な街だった。産業も大部分が軍関係の生産活動に充《あ》てられていた。大事な軍都であることを、市民は栄誉《えいよ》だと感じていた。連合国の占領《せんりょう》下、軍施設《ぐんしせつ》が排除《はいじょ》された広島には過去の面影《おもかげ》はなくなるだろう。

私の人生もまた修羅場《しゅらば》であると感じていた。私には身寄りがない。日本社会では、家族は通貨のように価値を示すものだ。家族はまた保障でもあった。家族を持つということは他者から敬われることだ。家族を知ることで、その人が何者で、どのような社会的地位にいるのかわかった。一人ぼっちの私は戦争孤児《こじ》、いや道端《みちばた》の馬の骨だった。

私は毎朝、目が覚めると「今日こそは兄さんが玄関《げんかん》の敷居《しきい》をまたいで入ってくるだろう。そして僕《ぼく》たちの生活を良い方向に導いてくれるだろう」と思うようになっていた。兄なら、私と違《ちが》って、経験したことのない事態に直面しても、臆《おく》することなどない。

三年前、証券取引場が政府の命令で廃止《はいし》となり、勤めていた証券会社が業務を続けられなくなったために、兄は尾道《おのみち》の造船工場へ勤労奉仕《ほうし》のため送られた。そのとき、二十歳《はたち》だった。成人男子がどんどん召　集《しょうしゅう》されて兵役《へいえき》についたため労働力が不足しており、帝国政府は徴兵年齢《ちょうへいねんれい》よりも若い学徒や学生には勤労奉仕を課する法律を制定したのだった。

兄は証券会社でしか働いたことがなかった。人と数字を相手に仕事をするのに慣れていたが、物を作ったり機械をいじったりするのは未経験だ。私はそのとき、兄が工場で働くだなんて大丈夫《だいじょうぶ》かなとやきもきした。

兄は私に、軽く言った。

「ま、何とかするわぁや」

そして言ったとおりにした。私の心配など全く意に介《かい》しなかった。造船工場で働く者のほとんどは工場に配置され、住まいとしてそこの込み合った大部屋が与えられた。ところが兄は、工場ではなくて事務所で働く数人の新入りの一人に選ばれた。住まいは事務員用のいくらか広い寮《りょう》で、労働時間も工場勤務より短かった。食べ物が不足しているときに、兄とその同僚《どうりょう》たちは、お金を持ち寄って箱一杯《いっぱい》の甘いみかんを買って食べていた。兄はどんな状況《じょうきょう》でも、物事を有利な方向に持っていくことができた。

私は、兄のような勇気が出てきますようにと祈《いの》った。いや、正しくは、兄が早く帰ってきて私の自信のなさを補ってくれますようにと祈った。

もちろん私とて、なす術《すべ》もなく茫然《ぼうぜん》と日々を送っていたわけではない。これからどうやって生きていくか不安に思いながらも、自分なりに計画を立てていた。やらなければならないことは、細々《こまごま》とたくさんあった。なけなしの財産の確保——というか復活——は、その中でも重要なことのひとつだった。

私は郵便貯金局に貯金が少しあった。しかし、通帳は焼けてしまっている。その貯金が自分のものだと何とかして証明し、通帳を作り直してもらわなければならない。幸い、友達の満男《みつお》の姉さんが郵便貯金局で働いていると聞いていた。私はその人を頼《たよ》ろうと思った。

私が満男の家を訪ねたのは、一九四六年二月のことだった。玄関《げんかん》先に若い女性が一人、立っていた。色白でふっくらした、美しい顔立ちは、何度か見かけた姉さんの記憶《きおく》とは重ならなかったが、私はこの人が姉さんだろうと思った。

満男の姉さんは、名を美代子《みよこ》といった。年はそのとき十八歳《さい》で、満男より二歳上、私より一歳下だった。私は、すっかり女性らしくなった美代子にどぎまぎしながらも要件を伝え、「どうか、よろしくお願いします」と頭を下げた。しかし心は、彼女の穏《おだ》やかで優《やさ》しい仕草に奪《うば》われてしまっていた。

ほどなく、私は満男同様、美代子とも仲よくなった。姉弟《きょうだい》でありながら、美代子の性格は満男とは全く違《ちが》っていた。満男は外向的でよく笑い、よく私を笑わせてくれた。一緒《いっしょ》にいるのが楽しい男だった。一方では、その気楽な性格のせいか、のんきなところがあった。その点、美代子はおとなしくて真面目《まじめ》、労を厭《いと》う弟とは違い、勤勉でよく働いた。私と同じく十四歳のときに働き始め、郵便貯金局で簿記《ぼき》をしていた。

美代子と私は同じ小学校に通っていたが、学年が違うので互《たが》いに知らなかった。彼女は算数と算盤《そろばん》に長《た》けていて、当時の小学校では算盤がよくできる数人が賞状をもらい、特別な腕章《わんしょう》をつけていたが、そのうちの一人だったという。私は、その腕章をつけた生徒たちが得意そうに廊下《ろうか》を歩いていたのをよく覚えている。なんて頭がよくて勉強ができるのだろうと感心したものだった。

通帳の作り直しの件で会ってから、美代子と私はときどき一緒《いっしょ》に過ごすようになった。私は美代子の美しさに魅《ひ》かれた。頭の回転の早さにも魅かれた。思いやりのある心も素晴《すば》らしいと思った。彼女と一緒にいると、私はそれほど孤独《こどく》を感じなかった。

美代子はちゃんとした家の娘だ。六人きょうだいの長女。長男は生まれてすぐに亡《な》くなっていた。両親は十年以上前から市内で豆腐屋《とうふや》をやっていた。朝の三時に起きて、ひと晩水に漬《つ》けた大豆を蒸《む》すところから一日が始まった。夜が明ける前には大豆は豆腐になっており、塊《かたまり》が何丁かのブロックに切られて市場に配達されるのだった。この豆腐はとても美味《おい》しかったので、近所の人たちは朝の味噌汁《みそしる》用にと柔《やわ》らかい木綿豆腐をわいわいがやがやと買いに来た。

一九四三年に原材料の大豆が入手できなくなると、ほかの多くの食べ物屋と同様に休業せざるを得なかった。そのときは、美代子と次兄《じけい》の豊人《とよと》がすでに働きに出ていたので、二人の収入で一家を養ったという。

原爆《げんばく》はこの一家にも惨劇《さんげき》をもたらした。美代子のきょうだいのうち二人、兄の豊人と妹の春恵《はるえ》が亡《な》くなった。助かったのは両親と美代子、満男、末の弟の巌《いわお》。巌はそのとき十一歳《さい》だったので、学童疎開《そかい》で田舎《いなか》にいた。

あの八月六日の朝、美代子は職場にいた。八時十五分には、郵便貯金局のある煉瓦《れんが》のビル

（福屋百貨店のビル。爆心《ばくしん》から八百メートル）の中で自分の机に向かっていた。窓の外に閃光《せんこう》が走り、雷《かみなり》のような爆発音《ばくはつおん》が轟《とどろ》いた。

美代子はためらわなかった。何百回となく行われた空襲《くうしゅう》避難《ひなん》訓練で教えられたとおりのことをした。指で目と耳の穴をふさぎ――眼球が飛び出さないように、また鼓膜《こまく》が破れないようにするためだ――すばやく机の下に潜《もぐ》り込んだ。しばらくそこで丸くなり、じっとしていた。人々の叫《さけ》び声や室内を動き回っている音が聞こえた。従順な美代子は、ただ言われたとおり、じっと机の下に潜《ひそ》んでいた。

一度、顔を上げて周囲の様子を窺《うかが》おうとした。が、埃《ほこり》と煙《けむり》が充満《じゅうまん》して、自分の鼻より先は何も見えなかった。同僚《どうりょう》が机の下で固まっている美代子を発見しなかったら、彼女は何時間もそこでじっとしていたかもしれない。

「あんたぁ、何しよるんね！」

耳元で女性の叫び声がした。手を摑《つか》まれ、机の下から引きずり出された。

「逃げんにゃだめよ！」

その女性は美代子を押《お》して、建物から出ようとしている大勢の人の流れに加わらせた。

建物の厚い硝子《がらす》が爆風《ばくふう》で粉々に割れて吹《ふ》き飛び、中にいた人々の身体じゅうに突き刺《さ》さっていた。あたりは血だらけだった。戸棚《とだな》や本棚《ほんだな》は壊《こわ》れて倒《たお》れ、壁《かべ》にも割れ目が入り、いつ崩《くず》れるかわからない。

美代子は頭が混乱して、何がなんだかわからなかった。目の前の人に付いて行くのに必死だった。突然、後ろにいた女性が悲鳴をあげた。

「あんたぁ、腕《うで》がもげよるよ！」

美代子は振《ふ》り返って、自分の背中を見た。肩甲骨《けんこうこつ》のあたりに、大きな硝子《がらす》の破片が何個も突き刺《さ》さっていた。刺さりようが深かったので、腕が今にも取れそうにだらんとぶらさがっていた。美代子は爆発《ばくはつ》でショック状態にあったため、自分が大怪我《おおけが》をしていることにさえ気がついていなかった。

何とか建物から脱出して、人が集まる川岸へと行った。そこから、ぞろぞろと逃げる人たちに合流し、結局は帰宅することができた。自宅は、爆撃《ばくげき》による大きな損害は免《まぬか》れていた。腕は幸いにも失わずに済んだ。しかし、適切な医療《いりょう》を受けなかったため、背中の右上を斜《なな》めに横切るようにして、二筋の大きな深い傷跡《きずあと》が残った。

美代子の家は、戦後まもなく営業を再開していた。そういう両親が、私のことを認めてくれないのはわかっていた。私はちょっとした仕事をやってはいたが、定職はなかった。自分の生活を安定させたり、家族を養ったりできるような身分ではなかった。

さらに悪いことに、私には身寄りがない。私のことを推薦《すいせん》したり保証してくれたりする人もおらず、全くの一人ぼっちだったのだ。

美代子はちゃんとした家のお嬢《じょう》さん。父親の軍一は、市内から北へ列車で一時間ほどの志和《しわ》口《ぐち》の山間部の裕福《ゆうふく》な家に生まれた。母親のヲチエも市の北部の小山《おやま》が里だった。

父親自身は裕福ではなかった。だから、母親は結婚してもずっと働かなければならなかった。五人の子供を育てながら、家事だけでなく、豆腐《とうふ》屋の重労働の大部分を担《にな》っていた。

美代子の父親と私の父親とでは、大きな違《ちが》いがあるのに気づいた。同い年だし、どちらも晩《ばん》婚《こん》だったが、それ以外は似ても似つかない。

私の父は前向き思考で、実際的で、合理的だった。頭が柔《やわ》らかく、学習能力が高く、飛びぬけて斬新《ざんしん》なものの考え方をした。軍一は違っていた。いつも過去を振り返っているように思えた。何か困難に直面すると、解決方法を考え出したり相手と交渉《こうしょう》したりすることよりも、不満にとらわれているようだった。

それでも、美代子の家族だった。彼女に恋《こい》をした余所者《よそもの》は、両親が自分を見る目が変わってくれたらと願った。しかし、その願いは叶《かな》いそうもなかった。

一九四七年の秋、私は旧友から仕事に誘《さそ》われた。陸軍兵器補給廠《しょう》の頃《ころ》からの仲良しの英男《ひでお》が誘ってくれたのだ。

英男はとても頭が良く、若いときに陸軍少年通信兵学校の入学試験に合格。私の隣《となり》の席で働き、その後兵器補給廠《しょう》から学校へと転籍《てんせき》していった。終戦から二年が経《た》ったその頃《ころ》、彼は機械工場を経営していた。そこで私に、工場を手伝うよう言ってきたのだ。不安定な小口の仕事をする生活に終止符《しゅうしふ》を打ち、定職に就《つ》きたかった私にとって、願ったり叶《かな》ったりの話だ。

英男は住むところも提供《ていきょう》してくれた。英男夫妻と英男の祖母と一緒《いっしょ》に暮らしたらいいと。私は英男の家に下宿させてもらい、食事と部屋と少しの給料をもらいながら仕事をするという取り決めだった。私はまだその頃、光子が交渉《こうしょう》した隣人《りんじん》の家の一間を借りていた。英男の申し出を受けるということは、定職だけでなく、より広く心地《ここち》よい場所に住めるということだった。

苦痛に満ちた道のりをのろのろと前に進んだにすぎない二年間を経《へ》て、やっと人生がよい方向に展開していく気がした。新しい仕事と新しい住居を得たことで、私は大胆《だいたん》になった。人生のなかでとても重要な決断を下し、美代子に求婚《きゅうこん》すべく許しをもらいに行った。

美代子の父親は、私の願いを聞いてせせら笑った。私の求婚など、まともにとりあってくれなかったのだ。美代子はただ一人生き残っている娘だ、大事な娘を戦争孤児《こじ》にやるなどとんでもないと、はっきりと私に知らしめた。

私は嘆願《たんがん》した。

「今は、どこの馬の骨かいうて思われるかもしれん。貧乏《びんぼう》で定職ものうて。でも、僕《ぼく》は仕事は一生懸命《けんめい》します」

仕事で身を立てたら、お嬢《じょう》さんに心地よい生活をさせてやれますと約束した。そしてご両親が年老いたら、ちゃんと面倒《めんどう》をみると。

軍一は笑った。私の大志と約束をあざけり、蔑《さげす》んだ。

「できるわきゃなかろう！　どうせ何ぼにもなりゃあせん。面倒なんかみてもらおうたぁ思わん。みとうても、みれるわけなかろうが！」

返す言葉はなかった。美代子の両親は頑《がん》として態度を変えないだろう。軍一は、もし美代子が私のあとを追うなら、勘当《かんどう》すると言い放った。

両親はそのとき、美代子がどういう行動に出るか想像もしなかったことだろう。美代子はいつも従順に、言われたとおりのことをやってきた。原爆《げんばく》が落ちて建物が身の上に崩《くず》れてこようかというときにも、訓練されたとおりの決まりを守って、机の下にじっと潜《ひそ》み、目と耳を覆《おお》っていた娘なのだから。

16　最後の家族

英男《ひでお》から、自分の経営する機械工場で働かないかと誘《さそ》われる前の、まだ暑い夏、一本の電報が届いた。

ショウワ　20ネン　4ガツ　10カ
ミカモタカジ　ヒトウニテ　センシ　クワシクハ　テガミ　ニテ

敗戦から二年もの月日が流れて、兄の戦死の知らせが届いた。いつかきっと兄が帰ってきてくれる、という望みは打ち砕《くだ》かれた。兄は亡《な》くなっていた。広島と長崎《ながさき》に原爆《げんばく》が落ちて日本が降伏《こうふく》する四ヵ月以上も前に、兄は戦死していたのだ。

原爆投下以来、最も辛《つら》い出来事――。兄の生還《せいかん》は、私にとって最後の望みだった。家族とのつながりを再び持てるという望みは、完全に消え去った。兄と一緒《いっしょ》に、困難に負けずに前進しようという望みもまた。

電報が届いた夜は、何時間も泣き続けた。涙《なみだ》が止まることはなかった。どんな喪失《そうしつ》よりも強い打撃《だげき》を与えられた。

母は重病だった。母がそう遠くないうちに亡くなることはわかっていたので、その死は辛くはあったが、受け容れることができた。父の負傷はこの目で見ていた。ピカドンのあとの壮絶《そうぜつ》な状況《じょうきょう》下で、父は重傷にもかかわらず、自分に残った最後の力をすべて私のために使ったのだ。父は強靱《きょうじん》だったが、生き続けるのは難しいと実感していた。

だが、兄が戻《もど》ってこないなんて――。そんなことは想像したこともなかった。いかなる戦争も、兄の命を奪《うば》えるはずがないと思っていた。

しかし、そうなってしまった。兄の帰りを心待ちにしていたのに、すでに死んでいたのだ。兄の戦死の日付けが、私をさらに苦しめた。一九四五年四月十日。それは、硫黄島《いおうじま》が陥落《かんらく》したあとのことではないか。つまりは、兄は戦争末期の絶望的な段階で死んだのだ。勝利は望めないとわかっているのに戦い続けたのだ。太平洋戦争の数ある戦いのなかでも、フィリピンでの戦いは最も激しく、多くの血が流されたもののひとつだという。日本軍にとっては、玉砕《ぎょくさい》覚悟《かくご》の決死の戦いだった。

兄が敵に降伏《こうふく》してくれていたら、と思った。捕虜《ほりょ》になれば、きっと助かっていただろう。だが、兄が降伏するわけはない。兄はいつでも、どこでもリーダーだった。踏《ふ》ん反《ぞ》り返って歩くタイプで、降伏など死んでもしない。忠誠心があり、勇気がある。この称《たた》えるべき性質が、兄を死に追いやったに違《ちが》いない。

何時間も私は泣き続けた。しだいに嗚咽《おえつ》はやみ、静かな涙《なみだ》となった。最後に兄に会ったときのことを思い出した。もう四年以上前のことだった。

兄は身長が百八十三センチもあった。ほかの男子より頭ひとつ抜《ぬ》け出ており、一九四三年三月に徴兵検査を甲種《こうしゅ》で合格した。陸軍はすぐに、兄を三ヵ月の訓練に送り出した。三ヵ月後、兄はたくましそうな軍服姿で広島に帰ってきた。そしてその夏、「赤紙」を受け取った。軍隊から召集《しょうしゅう》され、歩兵隊の兵士として前線に行くのだ。どこに行くのかは軍の秘密で、家族にも教えてもらえなかった。

両親は、兄が戦地へ送られる祝い事の準備をした。息子《むすこ》が戦地へ送られる家で慣習的に行われたもので、現人神《あらひとがみ》の天皇陛下のため、お国のため戦いに行く栄誉《えいよ》を祝うのだ。

一九三〇年代、日中戦争の頃《ころ》は、戦地へ送る祝いの行事は大がかりで、華《はな》やかに行われたものだ。「祝！　戦地へ」と大きく書かれた横幕や垂れ幕が風に舞《ま》い、親戚《しんせき》や近所の人たちが小さな日の丸を手にして、列車に乗る駅まで賑《にぎ》やかに行列していったという。兄が召集される頃には、このような祝い事はもっと小規模で、かつ静かに行われるようになっていた。

兄の出征《しゅっせい》は平日だった。私は仕事を休んで見送りたかったが、父に反対された。父は、私が兄の出征を見送るために仕事を休んでも何の役にも立たないと思ったのだ。だから私は、いつものように兵器補給廠《しょう》に向かった。祝い事と最後の貴重な数時間を兄と一緒《いっしょ》に過ごせないことに、意気消沈《いきしょうちん》したまま。兄は、正装した近所の人たち三十人ほどが、天皇陛下に一万年の繁栄《はんえい》がありますようにとの願いを込めて「万歳《ばんざい》」と叫《さけ》ぶなか、送り出された。

家から兄がいなくなると、不思議な感覚にとらわれた。私は兄から辛辣《しんらつ》な皮肉《ひにく》でからかわれたりしていたが、その兄がいなくなったとたん、寂《さび》しさを覚えた。

九月のある夕方のこと、仕事を終えて帰宅すると、両親から、兄が広島へ帰ってきたと告げられた。我《わ》が家には電話がなかったので、隣《となり》の家にそういう電話がかかってきた。そこで両親は、宿泊所《しゅくはく》である済美《せいび》学校に会いに行き、ちょうど帰ってきたばかりだった。

私も兄に会いたかったので、帰ってきたばかりの母を誘《さそ》って済美学校に向かった。着くと、門のところに看板が出ていた。「訪問時間終了《しゅうりょう》。面会謝絶」。とてもがっかりした。兄に会える唯一《ゆいいつ》の機会かもしれなかったのに……。

母と一緒に帰ろうとしたとき、学校の正門をガードしていた兵士たちの交代の時間になった。背の高い兵士が大股《おおまた》で門に向かって歩いてくるのが見えた。兄だった。私はうれしくて、飛び上がりそうになった。

「ここでなんしょんなら？」

兄は驚《おどろ》いたような、またうれしそうな表情を浮かべて、私に言った。

鉄の門越《ご》しに、私たちは数分ばかり話をした。私は、兄の片足が戦闘靴《せんとうぐつ》ではなく、ただ厚い靴下《くつした》をはいているだけなのに気がついた。兄は、訓練中に怪我《けが》をしたのだと言った。歩兵銃《ほへいじゅう》の先に付いている銃剣《じゅうけん》で、間違《まちが》って自分の足を突いてしまったと。私は、器用で運動神経のよい兄がそんなヘマをするなんて、想像もつかなかった。兵士の訓練というのは大変なことなんだな、と思った。

兄は歩兵だった。私は、兄が武器を使う訓練について話すのを夢中になって聞いた。兄は、実際の戦闘では、歩兵銃ではなく軽機関銃の係だった。兄が言うには、軽機関銃を持っていると敵の標的になりやすく、重機関銃の係のほうが安全なのだそうだ。兄の話のいちいちに、私はうっとりと聞きほれていた。

兄はまた、手の中で硬貨《こうか》をちゃらちゃらいわせていた。それが日本の硬貨でないのはすぐにわかった。フィリピンの硬貨だった。

兄がそこに行くのに違いない。日本はフィリピンを一年以上も占領《せんりょう》しており、敵国軍に対する要塞《ようさい》として、この地に多くの兵士を投入していた。

これが出兵前に兄と会った最後だった。母は、戦地へ向かう兄の姿をひと目見ようと、東練《れん》兵場《ぺいじょう》へ見送りに行った。そして、列車に乗り込む多くの兵士のなかから、息子《むすこ》の姿を探した。背が高くて肩幅《かたはば》の広い兵士を見つけたので、注意を引こうと懸命《けんめい》に手を振《ふ》ったそうだ。

夕食時、母は兄の姿を最後に見ることができたと話した。父は疑って、訊《き》いた。

「ほんまにあれじゃったんか？」

母は、きっぱりと答えた。

「ほうよ。ちゃんと、こっち見て手ぇ振りよったもん」

ところが翌日、隣人《りんじん》の家の電話がまた鳴り、両親が呼ばれた。それは兄からで、出兵の日が変更《へんこう》になったことを告げてきた。母が熱心に手を振って見送った兵士は、誰《だれ》かほかの人の息子だった。

しかし、愛情に溢《あふ》れる母は、兄が広島を離《はな》れる日にもう一度練兵場へ行った。そして今度こそ、兄が列車に乗り込み、蒸気機関車がまるで咳《せ》き込んで唾《つば》を吐《は》くかのような音を立てて動き出し、見えなくなるまで、ずっと見送った。

これが、私たち家族が兄を見た最後だ。

戦地の兄から、一度だけ連絡《れんらく》があった。広島を出て数ヵ月が経《た》った一九四三年の夏、葉書きが届いた。フィリピンで投函《とうかん》されていた。あまり詳《くわ》しいことは書いていなかった。兵士たちの手紙は、投函される前にすべて軍によって検閲《けんえつ》されていたから。しかし、言葉数が少ないからといって、兄から連絡《れんらく》がきた喜びが減るわけではない。みんなで順番に、葉書きを何度も読んだ。その後何ヵ月もの間、何度も何度も読み返した。父も母も同じことをしたに違《ちが》いない。

一九四七年の夏、兄の戦死を知らせる電報を受け取ったあと、私は県庁へ行った。兄の公式な死亡証明書を入手するためだ。奥にいた男の人がやってきて、一枚の紙を差し出した。

美甘福一《みかもふくいち》父上殿
帝国《ていこく》陸軍独立歩兵第357大隊、美甘隆示伍長《たかじごちょう》、フィリピン国ルソン島イロコス州タクゴに於《お》き、頭部銃弾貫通《じゅうだんかんつう》のため戦死せりことを告ぐ。

たぶん陸軍は、長身だから弾丸《だんがん》を頭に受けたに違いないと想像した程度だろう。兄が戦死の栄誉《えいよ》を与えられていたのは、虚《むな》しい喜びだ。召集《しょうしゅう》時の二等兵は、戦死によってついに伍長まで昇進《しょうしん》していた。

兄の死で、私の感情は渦《うず》を巻くように落ち込んでいった。悲報を受け取った直後の私にとって、美代子はそばで献身的《けんしんてき》に話を聞いてくれるかけがえのない友だった。彼女は私を慰《なぐさ》めてくれ、親密さは深まっていった。数ヵ月後に私たちは婚約《こんやく》した。

駆《か》け落ちのあと、私たちは下宿先である英男たちの家に向かった。英男は事業を拡大しており、私たちは大きな希望をもって仕事に臨《のぞ》んだ。

だが、英男の家に住むのは困難を伴《ともな》った。英男のことは好きだし、一緒《いっしょ》に仕事をするのはうれしかった。定職につける機会を与えてくれたことに感謝していた。問題は、英男の新妻《にいづま》の母親だった。

その妻の実家はとても貧乏《びんぼう》だった。英男との結婚で裕福《ゆうふく》な家に入ったことは、彼女にとっても家族にとっても幸いなことだ。だが、英男の義母は、この変化に感謝の気持ちを持たなかったどころか、要求ばかり高く、傲慢《ごうまん》な振《ふ》る舞《ま》いをするようになった。義母は同居はしていなかったが、しょっちゅう家に居座っていた。このばあさんは常に、私たち夫婦が同居していることの愚痴《ぐち》や嫌《いや》みを言い続けた。

「うちの娘は、こよにようけの口に食べさすのが大事じゃ」

「米ぐらい自分で持ってこいや」

戦後二年経《た》っていたが、食べ物はまだ乏《とぼ》しく、米は政府から配給されていた。米の配給のために住所変更《へんこう》に市役所へ行った。それでも、ばあさんの機嫌《きげん》は治らない。何かしら残酷《ざんこく》な意地悪を思いついては、とりわけ美代子にぶつけた。娘に言い渡して、美代子には醤油《しょうゆ》を使わせないようにさせたりするほどだった。彼女の存在は、私と美代子の大きな頭痛の種となった。

この状況《じょうきょう》について、英男に何とかしてくれと話すと、彼はこう言った。

「ありゃ、貧乏馬鹿《びんぼうばか》じゃけぇ。放っといたらええ」

しかし、放っておくわけにはいかない。英男の家に美代子を連れてきたことを後悔《こうかい》した。英男と仕事をするのは良かったが、彼は義母に何も言おうとしない。私は荷造りをしてそこを去りたかったが、行くところはない。

そのうち解決策がおのずからやってきた。英男はある日、道で友人の金次《きんじ》にばったり出くわした。金次は召集《しょうしゅう》されて満州へ送られる前は、兵器補給廠《しょう》で英男の同僚《どうりょう》だった。陸軍から供給された大きなリュックを背負《せお》って金次が内地へ戻《もど》ってきたとき、二人は再会したのだ。

金次は電機製品の製造と修理の仕事を始める壮大《そうだい》な計画を描《えが》いていた。町でばったり出会ってすぐあと、金次は英男に、自分と一緒《いっしょ》に仕事をしないかと誘《さそ》った。金次は金を借りて、工場と大きな家を建てたところだった。英男は人のよい男で、嫌《いや》とも言えない性格の人間。よく考えもせずに、同意をしてしまったのだ。

金次は汚《きたな》い仕事をすると評判だった。信用できないと多くの人に思われていた。英男の家族は、そんな金次と一緒に仕事を始めることに大反対した。

英男は心根が優《やさ》しく、誰《だれ》も怒《おこ》らせたくなかった。私たちへの意地悪をやめるようにと義母に面と向かって言えなかったように、金次と家族との板ばさみの中で、どうしたらよいかわからなくなった。私は金次についての悩《なや》みを聞き、解決策を思いついた。

「俺《おれ》が金次のところに行って働く」

私はこう申し出た。これで英男は友人に対して顔が立つ。この提案を聞いて、英男の顔が明るくなった。

英男の家で、美代子は決して愚痴《ぐち》を言わなかった。しかし、たとえ無言でも、彼女が不安に満ちた生活を送っているのはわかった。美代子にはもう私以外に身寄りはない。勘当《かんどう》されて帰るところもなかったのだから。

私たちには、環境《かんきょう》を変える必要があった。というのも、美代子は妊娠《にんしん》していたからだ。金次の家に引っ越《こ》したとき、美代子は妊娠三ヵ月だった。

金次宅に着いて間もなく、大事な顧客《こきゃく》の国本さんが、私を脇《わき》へ寄せて話しかけてきた。国本さんは長いこと市内の電機業界で働き、周囲から尊敬されていた。その国本さんが親切な目で私を見つめながら、金次の仕事の汚さについて気をつけたほうがいいと忠告したのだ。

「ここはなごぉ居《お》るとこじゃなぁで」と、穏《おだ》やかながらもはっきりした口調で言った。「習うだけ早うしっかりなろうて、ほかを見つけんさい」

私はせっかくの有望な将来を曇《くも》らされたような気がして、最初むっとした。なぜこの人は、私をがっかりさせようとしてるんだ?

しかしすぐに、国本さんが何を心配していたかがわかった。金次はまっとうな人間ではなかった。二枚舌で客との約束を守らないし、仕事では平気で手抜《てぬ》きをした。

私はだんだん不安になっていった。春には子供が生まれる。美代子にまた引っ越《こ》ししてくれとは言えない。それどころか、そもそも行く当てがなかった。一生懸命《けんめい》働くしかない。だがどんなに一生懸命仕事をしても、金次の人格を変えることはできなかった。

一九四八年の五月、美代子は女の子を産んだ。早苗《さなえ》と名づけた。「伸《の》びゆく若い苗のように成長の可能性がいっぱいの子」という意味で。

初めての子が生まれたことはうれしかったが、仕事と経済的不安が喜びをかき消した。金次のところを辞《や》めて暮らす余裕《よゆう》はない。だが、嘘《うそ》にまみれた金次の下で仕事を続けることに我慢《がまん》がならなかった。良心が耐《た》えられなかった。どうやったら新しい家族を守り、育てていけるのか。幾日《いくにち》も眠れない夜を過ごし、思い悩《なや》んだ。

夏が過ぎても何も改善できなかった私は、苦しい決断をした。金次の元を去って自分で仕事を探す、と。そのためには、新しい住処《すみか》を見つけなければならない。選択肢《せんたくし》はただひとつ。美代子の家族との和解である。

軍一とヲチエに会って、話さなければいけない。謝《あやま》って許しを請《こ》い、同居させてくださいとお願いしなければいけない。

私は悔《くや》しくて唇《くちびる》を噛《か》み締《し》めた。しかし、妻と子供のためには、たとえどんなに罵倒《ばとう》され、辱《はずかし》めを受けようとも耐えるしかない。

その前に、あこぎな雇《やと》い主《ぬし》にいとまを願わねばならない。

私の申し出に、金次は怒《いか》り狂《くる》った。目を大きく開けて私を脅《おど》した。

「広島で二度と仕事ができんようにしちゃるけぇのぉ！」

ひょっとして、一生後悔《こうかい》するような間違《まちが》いを犯《おか》しているかもしれないと思った。家族を路頭に迷わせる危険まで冒《おか》して、自分の良心に従う必要があるのだろうか？　私は、父ならどうするだろうかと考えた。父は筋の通った人だった。父だったら辞める。私も同じようにしなければいけない。

次の課題は、美代子の両親との和解だった。軍一とヲチエの家へ向かいながら、金次の脅しが私の耳に鳴《な》り響《ひび》いていた。惨《みじ》めで意気消沈《いきしょうちん》していた。仕事があるのかどうか心配で絶望していた。

そのうえ妻の両親に謝るのは、全く気が進まなかった。絶対に必要なことだとはわかっていた。心を込めて謝らなければいけない。それが辛《つら》かった。自分は何も悪いことはしていないと信じていたから。

私はうつむいて歩いていたので、中華《ちゅうか》そばの屋台に立っている国本さんの姿が目に入らなかった。ようやく気づき、挨拶《あいさつ》をするために立ち止まった。

国本さんは、何も言わなくても私がどれだけ急迫《きゅうはく》した状態にあるか察したようだ。どうしたのかと訊《き》かれた。私は説明をした。金次の仕事振《ぶ》りについて、国本さんがどれだけ正しかったか。辞《や》めると言ったはいいが、二度と仕事ができないようにしてやると脅《おど》されたこと。

国本さんは私の肩《かた》に優《やさ》しく手を置いて、言った。

「話はわかった。心配せんでええ。なんぼでも仕事はとってきてやるけ、元気出せ」

私は、国本さんの言葉を聞いて、ほっとして膝《ひざ》の力が抜《ぬ》けた。こんな幸運があるのかと、ほとんど信じられなかった。国本さんに慰《なぐさ》められ、本当に仕事を寄越《よこ》してくれるのかもしれないと希望が持てた。

この希望のおかげで、私は美代子の実家に向かう勢いがついた。

軍一とヲチエの前に立った私は、地べたにひざまずいた。両手を前に置き、地面に額《ひたい》が当たるまで深々と頭を下げた。

私は父も母も、そして兄も喪《うしな》ったのだ。新しい家族を守るためなら、プライドは要《い》らない。

17 受け継《つ》がれるもの

一九四八年の夏、私たち一家は美代子の実家に住み始めた。

軍一とヲチエは、六人いた子供のうちすでに三人を喪っていた。しかも満男《みつお》は、原因不明の病気で死の床《とこ》にあった。だから二人は、美代子のことをとても愛《いと》しく思っていたし、早苗《さなえ》に魅《み》了《りょう》された。機嫌《きげん》の悪かった軍一でさえ、孫娘の顔を見て微笑《ほほえ》んだ。

私はどうやって家族を養ったらいいのか途方《とほう》に暮れていたが、国本さんが約束を守ってくれた。国本さんの紹介《しょうかい》ですぐに仕事が入ってきた。美代子の実家にある玄関《げんかん》横の四畳半《よじょうはん》を仕事場にして、私はラジオや電気器具を組み立てたり、修理したりした。

国本さんには長い間、本当にお世話になった。仕事を回してくれるほか、私を市内の業界の重鎮《じゅうちん》に紹介《しょうかい》したり、推奨《すいしょう》したりしてくれた。とくに、第一産業（現エディオン）の久保社長を紹介《しょうかい》してもらったことは、大きな助けになった。戦後の廃墟《はいきょ》に創設された第一産業は目覚ましい成長を遂《と》げていて、溢《あふ》れんばかりの仕事があった。そこから定期的な仕事が入り出したのだ。おかげで私は、安定した道が開けたと感じた。

広島市も復興へと向かい始めたが、廃墟から蘇《よみがえ》るには膨大《ぼうだい》な作業と時間を要した。

この間《かん》、やくざが力を得るようになった。戦時中は、軍が国民生活のありとあらゆる側面を支配していたので、組織犯罪はほとんどなかった。しかし、戦後の混乱に乗じて、全国的に犯罪組織がのさばるようになった。被爆《ひばく》した広島ならなおさらだ。この時期、やくざの世界は魅《み》力的《りょくてき》にも映ったので、多くの若者が加わっていった。

私の友達にも、その道を選んだのが何人かいる。そのうちの一人が照男《てるお》だった。

私の命の恩人の照男は、機転が利《き》き、活力に満ちていたうえ、怖《こわ》いもの知らずだった。組織の階段をとんとん拍子《びょうし》に昇《のぼ》っていき、重要な地位に就《つ》いた。広島を出て上京してからは一度も会わなかったし、消息も聞かない。私たちの人生は別々の道を辿《たど》り、二度と交わることはなかったが、それでも彼が命の恩人であることに変わりはない。

美代子の実家に移ってしばらく経《た》った頃《ころ》、虎男叔父《とらおおじ》さんが訪ねてきてくれた。叔父は早苗《さなえ》を抱《だ》いて、おかしな顔をして笑わせた。私たち夫婦に、誕生祝いとして一万円もくれた。叔父に会えたのはとてもうれしかったが、辛《つら》くも感じた。母のことを思い出してしまったからだ。

一九四〇年代の終わりに近づくと、打ちのめされた広島と日本も大きく前進、そして変貌《へんぼう》を遂げつつあった。広島市は一九四九年、日本政府から国際平和都市に指定された。戦争と破滅《はめつ》の代名詞だった広島は、平和推進の象徴《しょうちょう》となったのだ。

多くの市民は、原爆《げんばく》を投下したアメリカへの激しい怒《いか》りから、国際平和都市となることに反対だった。原爆投下の年の末までに十四万人の市民が亡《な》くなっていたが、その後も増え続け、原爆による死者は三十五万人にものぼる。私たちの広島は永遠に変わってしまった。それはまぎれもない事実だ。

しかし私は、恨《うら》みつらみに重点を置き、未来ではなくて過去にしがみつくことには賛成しない。そんなことをしていても、何ひとつ良いことは生まれない。狭《せま》い視野で物事を語ってもだめだ。狭い視野こそが、世界を戦争に巻き込んだのではないか。

私は前を向いていたかった。敵が味方になるのを見たかった。平和が欲しかった。壊滅《かいめつ》した広島市が国際平和都市となって、未来の平和に貢献《こうけん》できることほど素晴《すば》らしいことはないと思った。

父も同じ意見だったろう。父は、「原爆が建物疎開《そかい》の労働を省いてくれた」と笑いながら皮《ひ》肉《にく》を言った。死を目前にした状況《じょうきょう》にあってもそれだけのユーモアを言える人が、ほかにいるだろうか。

私は、父ならどう振《ふ》る舞《ま》うかを考えたうえで、原爆《げんばく》資料館ができたときに、大切にしていた懐中《かいちゅう》時計を寄付した。この時計は、父のたったひとつの形見だ。そこに父の魂《たましい》が宿っているように感じ、私は肌身《はだみ》離《はな》さず持っていた。しかし、あの忌《い》まわしい原爆による破壊《はかい》と、英雄《えいゆう》としての父の存在の証《あかし》として、一人でも多くの人に見てもらいたいと思ったのだ。

一九五〇年代に入ると、広島の復興と繁栄《はんえい》を願って植えられた種が芽ぶき、実をつけ始めた。朝鮮《ちょうせん》戦争によって日本経済は急成長した。日本はもはや占領《せんりょう》された敗戦国ではない。アメリカの戦略上とても重要な友好国となっていた。連合軍の占領は一九五二年に終了《しゅうりょう》。一九五五年には、広島市の人口は戦前のレベルに戻《もど》っていた。

私のもとにも、新しい仕事がどんどん流れ込んできた。一九五四年に私たちは貯金を全部はたき、美代子の実家の隣《となり》にある長屋を購入《こうにゅう》した。軍一が交渉《こうしょう》してくれて手に入りやすい値段で売ってもらったのだが、義父は一文なしだった私が貯金していたことに驚《おどろ》いて、「ま、家賃を払《はら》わんで住んどるんじゃけえのぉ。不思議もないわい」と言った。愛娘《まなむすめ》がどこの馬の骨ともわからない男と駆《か》け落ちしたことを、決して忘れなかったようだ。

私たちは、一九六〇年に線路拡張に伴《ともな》う歩道橋建設のために売却《ばいきゃく》を要請《ようせい》されるまで、そこに住んだ。代替地《だいたいち》は美代子の実家からほんの九十メートルほど離れたところだったので、その土地に工場と家を建てて引っ越《こ》した。

こうして書いていると、私たち一家の戦後の歩みは順調そのものだったように思われるかもしれない。しかし、ここに至るまでにはさまざまな試練に見舞《みま》われた。

少し時を遡《さかのぼ》ろう。

美代子の実家に移り住んで数ヵ月後、娘の早苗《さなえ》がポリオにかかった。元気で愛くるしかった生後十ヵ月の早苗が、なぜかぼんやりして動きが鈍《にぶ》くなったので、何か深刻な問題があるとすぐに気づいた。高熱を出し、ほんのちょっと触《ふ》れられただけでも叫《さけ》ぶように泣いた。

まだ貧しかった私たち夫婦には、医者に診《み》せる金も薬代もない。当時は国民健康保険や社会保険はなかったので、患者《かんじゃ》がすべてを払わなくてはならなかった。何とかなけなしの金をかき集め、早苗を背負《せお》って何度も何度も病院に通った。美代子と二人、どうやって医療費《いりょうひ》を工面できるか心配で、眠れない夜が続いた。

幸い早苗はポリオから回復したが、後遺症《こういしょう》が残った。右手右脚《あし》が麻痺《まひ》したのだ。

四歳のとき、早苗はまた重病にかかった。今回の病状はさらに深刻で、原因のわからない脳炎だった。四十度の熱が一週間も続き、意識不明だった。美代子と私は恐怖《きょうふ》におののき、毎日仏様に拝んだ。

早苗の意識がやっと戻ったとき、顔つきがぼんやりとしていた。母親の顔も認知《にんち》できなかった。この病気が、永久的な脳損傷《のうそんしょう》をもたらしたのだ。

賢《かしこ》く、明るく、元気だった娘は、赤ん坊《あかぼう》のように、しゃべることも歩くこともできなくなってしまった。それればかりか、脳炎の後遺症《こういしょう》で引きつけを起こすようにもなった。小さな身体が痙攣《けいれん》し、何分も激しく揺《ゆ》れ続ける。それは親にとっては、拷問《ごうもん》が何時間も続くようなものだった。引きつけはほぼ毎日起きた。私たちは嘆《なげ》き、しかし同時に献身的《けんしんてき》に世話をした。

戦争が終わって何年もの間、私たちは闘《たたか》い続けた。早苗《さなえ》の状況《じょうきょう》と高い医療費《いりょうひ》とが、精神的にも家計のうえでもひどく重荷となった。早苗の薬代を出すため、寒さの厳しい冬でも靴下《くつした》一足すら買わず、美代子と私は裸足《はだし》で過ごした。

早苗の誕生から十三年後の一九六一年、次の子が生まれた。私は息子《むすこ》が欲しかった。ベビー服やベビー布団《ふとん》などすべての赤ちゃん用品を青にしようと主張し、そうした。それくらい次は息子だと確信していたのだ。

しかし、生まれたのは女の子だった。近所の人たちは「神さん子が生まれた。神さん子が生まれた」と騒《さわ》ぎ、祝福してくれた。次女が生まれる前の苦労を知っていたからだ。その子には、「言葉のあやを表現するのが得意な賢い子」という意味で「章子《あきこ》」と名づけた。早苗が失った知的能力を惜《お》しむ私たちは、章子が健《すこ》やかに育つように願った。

章子が三歳《さい》半のときに、美代子はもう一人娘を産んだ。恵子《けいこ》だ。美代子は恵子が生まれるときにはすでに三十八歳になっており、当時としては超高齢《ちょうこうれい》出産だった。しかも悪いことに、出産予定日は四週間も過ぎており、赤ちゃんは子宮の中で大きく育ちすぎていた。そのため出産には、想像を絶する困難を伴《ともな》った。

ある時点で、医者は私に「いざというときは、母親か赤ん坊か、どちらかを選ばなければなりません」と言った。両方を救うのは無理だというのだ。私は苦渋《くじゅう》の末に、妻を選ぶことにした。ほかに二人の娘が母親を必要としていたから。

美代子の陣痛《じんつう》は七十二時間も続いた。鎮痛剤《ちんつうざい》も麻酔《ますい》もなく、帝王《ていおう》切開も手遅《ておく》れ。赤ん坊の頭が産道に行かずに止まった状態で押《お》すことも引くこともできない。拷問のような激痛が三日三晩続いて、美代子は気がふれたようになり、鼻歌まで歌いだした。

やっと生まれた赤ん坊は、呼吸をしなかった。それを知った私は心臓が止まるかと思ったが、幸いにも数秒後に産声《うぶごえ》をあげた。

誕生まで大変だった娘を、私たちは「恵《めぐ》まれた子」という意味で「恵子」と名づけた。

下の二人の娘が生まれる頃《ころ》には、私たちの生活はずいぶん変わっていた。政府が国民健康保険のシステムを導入したおかげで、早苗のときのように、医療費の支払《しはら》いで悩《なや》み苦しまなくてもよくなっていた。私の事業は伸《の》び、従業員を何人か雇《やと》うまでになっていた。日本は高度経済成長期にあり、広島は平和都市としてだけでなく、産業都市としても力強く成長した。

六〇年代後半に、私たちはまた引っ越《こ》した。もう少し広い土地を買って家を建てたのだ。新居は、以前東練兵場《れんぺいじょう》があったところに位置する。この練兵場には過去の亡霊《ぼうれい》が住んでいるとも言えそうだが、私はそんなことより、未来のことにのみ目を向けていた。

とはいえ、私は、辛《つら》い過去を無視していたわけではない。章子《あきこ》と恵子《けいこ》には、勇敢《ゆうかん》な福一《ふくいち》お祖父《じい》さんや献身的《けんしんてき》なお祖母《ばあ》さんの話を聞かせて育てた。私の家族と美代子の家族のなかに原爆《げんばく》で亡《な》くなった者がいることについても、理解を深めさせた。

そのうえで、私は娘たちに将来について語った。娘たちには、平和な世界に生きてほしかった。異なった文化の人たちがお互《たが》いを理解しようとする世界に。二度と戦争の恐《おそ》ろしさを体験しなくてよい世界に。そして娘たちには、そんな世界を築く手伝いをしてほしかった。

美代子は伝統的な主婦であると同時に、専門職を持つ働く女性という一面もあった。美代子のおかげで家庭も会社も回った。美代子はみんなの面倒《めんどう》をみた。子供はもちろん、両親、弟の巌《いわお》とその妻、私の会社の従業員とその家族……挙げだすときりがない。

私が起業すると、美代子は零細企業《れいさいきぎょう》の財政の管理のやり方を学んだ。もともと算数の才があり、結婚する前は簿記《ぼき》をやっていた。私の事業が成長するにつれて、美代子は会計を一手に引き受けた。簿記から給料計算、社会保険から税金まで、彼女は金銭に関することをすべて管理した。

私は機械いじりや設計は得意だが、金の管理と人選びはそうでもなかった。騙《だま》されたのは一度だけではない。一方の美代子は、きっちりと金銭管理をし、巧《たく》みな言葉を持ちかけてくる輩《やから》の嘘《うそ》を何度も看破《かんぱ》した。美代子は収益を、手堅《てがた》く貯《た》めた。美代子がいなかったなら、私の会社は長く続かなかっただろう。

美代子はそのように、お金については保守的で慎重《しんちょう》に運用していたが、自分の学習の部分では限界に挑戦《ちょうせん》していた。常に何かを学び、身につけるよう自分に発破《はっぱ》をかけていた。

彼女は、花嫁《はなよめ》修業として洋裁も和裁も学んでいた。そのうえ料理も好きで、和食、洋食、菓《か》子《し》作りなどあらゆるタイプの料理を習い、その腕前《うでまえ》を披露《ひろう》してくれた。大晦日《おおみそか》には徹夜《てつや》までして御節《おせち》をつくった。謡《うたい》、生け花も長年続けた。

保守的な女性が手を出さないことにも挑戦した。一九六五年には運転免許《めんきょ》を取った。その頃《ころ》は車の運転ができる中高年の女性はほとんどいなかったし、広島は公共交通機関が発達しているため、市内に住んでいる限り自動車の運転はあまり必要ではなかった。それでも美代子は、車を運転することで得られる自由と、娘たちをいろいろな習い事に連れて行ける便利さを求めたのだ。

一九八〇年代の前半には、ワープロを習得した。美代子は自分の書く字が嫌《きら》いだった。いつも自分の字のことを気にして恥《は》ずかしく思っていた。品性が足りず、人格や知性までも貧しく見られてしまうと信じ、引け目を感じていたのだ。

私はといえば、新しい技術の習得には熱心でなかった。ワープロやコンピューターは学ばなかった。というのも、私は原爆《げんばく》の閃光《せんこう》を直視してから、異常に目が疲《つか》れやすくなったからだ。モニターを長時間見続けることはできない。

私の工場には、あまり複雑な機械はなかった。私の使う道具は、計算尺と鉛筆《えんぴつ》と計算機くらいで、私は手で変圧器の設計をした。私の会社は業績を上げていったが、それは最新の機械を導入して製品をつくっていったからではない。金次との葛藤《かっとう》の中で学んだ教訓を生かしたからだ。「得信十年、失信一件」——これが私の座右《ざゆう》の銘《めい》だった。これが、今でも会社が存続している根本である。

美代子は娘たちのために洋服や浴衣《ゆかた》を縫《ぬ》ってやり、素敵《すてき》なセーターやカーデガンを手編みしてやる一方で、教育にも熱心だった。私たち夫婦は倹約《けんやく》を旨《むね》として生活していたが、子供たちの教育にはお金を惜《お》しまなかった。幸い、章子《あきこ》も恵子《けいこ》も小さいときから学業に優《すぐ》れていた。そこで、本、教材、家庭教師、塾《じゅく》、習い事と、娘たちが最良の教育を受けられるよう心がけた。

美代子は早苗《さなえ》の世話も一生懸命《けんめい》した。早苗は養護学校で義務教育を終え、成人してからも私たちが面倒《めんどう》をみていた。美代子は、早苗の世話のためならどんな自己犠牲《じこぎせい》も厭《いと》わなかった。

母と娘の強い絆《きずな》のおかげで、早苗は回復に向かい、成長と発達をすることができた。しかし一方、その絆のせいで、早苗は生《なま》の感情を美代子にぶつけることがあった。早苗にとっては、美代子は唯一人《ただひとり》、全面的に信用でき甘えられる相手だった。早苗は私に対して、とても従順でかしこまっていた。妹たちにはとても優《やさ》しく、寛容《かんよう》で親切だった。また家の外ではとても友好的だった。ところが母親に対してだけは、気難しくなり、自分の不満や要求を態度で示すことも多かった。美代子はどうしたら良いかわからずに困惑《こんわく》することもあった。

美代子が肩《かた》に載《の》せていた責任は多大なものだった。朝早く起きて家族の世話をし、私の食事を毎日三食つくり、夜中まで仕事をした。徹夜《てつや》も珍《めずら》しくないほど。子育てと家事と仕事の合間には、親戚《しんせき》や従業員や友人知人の面倒をみていた。そのため何年もの間、母のヲチエが美代子の家事を手伝ってくれた。

義父は戦後、しだいに健康状態を悪化させた。義母は息子《むすこ》の巌《いわお》と嫁《よめ》のヨリコと同居し、豆腐《とうふ》屋の仕事をしつつ、夫の看病を続けた。満男は二十三歳《さい》で病死していた。やがて巌と妻のヨリコが、私の会社で働くことになった。私は美代子の両親と交《か》わした約束を守った。身を立てたら、美代子と家族の面倒をみるという約束を。

義母は晩年になって「わしらもああやって、ええがにしてもろうたけ、助かっとる」と私に感謝をした。夢見ていたとおり、親戚の面倒をみられるのが誇《ほこ》りに思えた。

九十四歳まで生きた義母の死は、美代子に大きな打撃《だげき》を与えた。美代子は長い間、どんな困難に面しても貝のように静かにして、感情を見せなかった。が、母親の棺《ひつぎ》が火葬《かそう》される瞬間《しゅんかん》は取り乱した。

「お母さん！」

そう叫《さけ》んで、危《あや》うく自分の身を棺《ひつぎ》とともに炉《ろ》に投げ入れようかというところだった。小さな子供が母親に必死でしがみつくように、母親の棺から離《はな》れようとしなかった。美代子の力は異様に強く、何人かで抑《おさ》えつけなければならなかった。

美代子はそのとき七十歳《さい》だった。その後十年間生きたが、母親の死の衝撃《しょうげき》から完全には自分を取り戻《もど》せなかったようだ。

広島は再建されたが、被爆《ひばく》の傷跡《きずあと》はあちこちにある。私は、違《ちが》う健康上の問題に直面した。アメリカは一九四六年に原爆《げんばく》傷害調査委員会（ＡＢＣＣ）を設立した。原爆が人体に及《およ》ぼす長期間の影響《えいきょう》を調査するためだ。ＡＢＣＣから健康診断《しんだん》に呼ばれた被爆者《ひばくしゃ》の多くは、懐疑心《かいぎしん》を持ち、いぶかしがり、そして恐《おそ》れた。また、アメリカに協力するなどもってのほかだと、健康診断を拒否《きょひ》した。

「わしら、ピカでやられたんで！　ほんでもって、実験台にしよう言うんか？　金でもくれる言うんか？　ようもいけしゃあしゃあと！　なんでわしらが協力せんにゃいけんのんや。冗談《じょうだん》じゃない！」

私はそんなふうには全く思わなかったし、何も怖《こわ》くなかった。検診《けんしん》を知らせる葉書きが届くと、それに応じた。隣人《りんじん》たちは、私は気がふれていると言った。

それは一九五四年のことだった。ABCCの検診で、私は結核《けっかく》と診断された。

戦前、結核は猛威《もうい》を振《ふ》るい、致死《ちし》の病と恐れられた。困窮《こんきゅう》する中での長時間にわたる重労働、不十分でバランスがとれていない栄養、汚染《おせん》された道路と非衛生的な住居——このような悪条件で結核はどんどん広まった。女性はとくに結核にかかりやすかった。私の産みの母・千《ち》代乃《よの》は、わずか二十七歳で結核のため亡《な》くなった。結核は人々を容赦《ようしゃ》なく殺した。

戦後、政府はついに問題の重要さを認識《にんしき》し、結核治療《ちりょう》に注意を払《はら》い始めた。しかし一九五四年当時、私たち一家は経済的に苦しかった。早苗《さなえ》の医療費《いりょうひ》がなけなしの貯金をすべて呑《の》み込んでいたからだ。

ABCCでは検診は受けられたが、治療は受けられない。治療を受けるために、私は槇殿《まきどの》医院へ行った。診察室《しんさつしつ》で私がシャツを脱《ぬ》いでいると、どこかで見たような同年代の男が入ってきた。一瞬《いっしゅん》誰《だれ》だかわからなかったが、豊島医院の息子《むすこ》だった。父の豊島先生は、かつて私たちが暮らしていた上柳町《かみやなぎちょう》に住んでいて、私たち一家の主治医だった。息子は小学校で私の一級下だったが、見覚えがあった。息子も父親のように医者になっていたわけだ。

私が結核だと知ると、息子のほうの豊島先生は提案した。「日本で初めて入手できるようになった抗生《こうせい》物質を使って、私が治療をしましょう」と。その薬は戦後アメリカから入るようになったもので、結核《けっかく》に効くという。ただし薬代はとても高価だった。だから豊島先生は、原価だけを請求《せいきゅう》して、それ以外の医療費《いりょうひ》は無料にすると言ってくれた。

それから三ヵ月の間、毎日、私は危険な菌《きん》を全滅《ぜんめつ》させるべく強力な抗生《こうせい》物質を注射しても らった。豊島先生の指示で、半日だけ働いて、あとは横になって休養した。豊島先生が親切にも薬の原価しか受け取らなかったおかげで、何とかやっていけたのだ。そうでなかったなら、医療費をまかなえるわけがなかった。

また天使が救ってくれたようだった。父もきっと私に同意するだろう。

娘たちを見ていると、私は過去のことを思い出した。二人とも私と同じように、学校で学ぶことが得意で楽しんでいた。私は、一生懸命《けんめい》仕事をしたことで娘たちに教育の機会を与えていることに充実感《じゅうじつかん》を覚えた。私には欲しくても手に入れることができなかった教育の機会だ。

また、下の二人の娘たちは、兄と私にそっくりだった。少しずつ大きくなるにつれて、章子《あきこ》は兄によく似てきた。兄と同じく、章子は気丈《きじょう》で活発だった。好奇心《こうきしん》が強く、新しい環境《かんきょう》にもどんどん入っていき、いろいろな経験を求めた。ユーモア感覚も、機転が利《き》くところも、遊び心も。まるで章子の中で兄が生き返ったかのようだった。

末娘の恵子《けいこ》は私にそっくりだった。恵子は臆病《おくびょう》で静かだった。主張の強い章子にスポットライトを浴びさせ、自分は影《かげ》に潜《ひそ》んでいるかのようだった。感受性が強く、泣き虫で、優《やさ》しいが心もとないあたりなど、私は末娘の中に自分を見た思いがした。

私は親になってから、ますます兄が恋《こい》しくなった。兄が生きていたら、姪《めい》たちを陽気にかわいがる伯父《おじ》さんになったことだろう。娘たちも、私が虎男叔父《とらおおじ》さんのことを大好きだったように、隆示《たかじ》伯父さんを大好きになったに違《ちが》いない。兄が小さな娘たちに〝高い高い〟をしているところが目に浮かび、兄がいないことに胸が痛んだ。

幼い娘たちは立派な女性に成長していった。

章子は私が願ったように、国境を越《こ》え異文化間の平和を促進《そくしん》することに身を捧《ささ》げる仕事に進んだ。広島大学卒業後アメリカに渡り、臨床《りんしょう》心理学の博士号を取得して、カリフォルニアで多文化臨床心理ドクターとして開業した。また、平和とヒューマニティーの教育と啓発《けいはつ》のため、「NPOサンディエゴ・ウィッシュ：世界平和を願う会」を設立した。

恵子は広島大学の医学部に進学し、内科医になった。

二人とも母になった。章子も恵子も、障害を持つ姉の早苗《さなえ》に啓発されて、他人を思いやる深い心を持ち、癒《い》やしの職業を選んだ。私は娘たちを誇《ほこ》りに思っている。

私と同様に、美代子も毎年夏に行われる被爆者検診《ひばくしゃけんしん》を受けた。七十代前半のある夏も、美代子は検診に行った。会場の小学校の門の外に、レントゲンのバスが停《と》まっていた。希望者は胸のレントゲンを撮《と》るのだが、美代子は受けたくなかった。とても恥《は》ずかしがり屋だったので、男性の医者や技師の前で裸《はだか》の胸をさらけ出したくなかったのだ。

美代子が小学校を出ようとしたとき、レントゲンバスに寄りかかっていた技師が退屈《たいくつ》そうにあくびをしているのが見えた。美代子は気の毒に思った。この人たちは、せっかく人の役に立とうとここに来てるのに……。レントゲンのサービスを誰《だれ》も利用していないことが申し訳なかった。だから撮ってもらうことにした。恥ずかしい気持ちよりも、この人たちが「自分は役に立っている」と思えるようにしてあげたいと願ったから。

美代子の優《やさ》しさが、運命を分けた。レントゲン写真で肺癌《はいがん》が発見されたのだ。早期だったので、手術によって完全に除去することができ、美代子は助かった。

美代子は私の会社で仕事をし、家事、人の世話など忙《いそが》しい生活を続けていた。しかし、母親の死後は完全には立ち直れなかった。長年のストレスからくる抑《よく》うつ気分や記憶力《きおくりょく》の著《いちじる》しい低下に悩《なや》まされた。今までどおりに、やってきたことすべてをやり続けようという姿勢に変わりはなかった。だが、私は悩んだ末、会社の経理の仕事をほかの人に回すことにした。

美代子には十代のときからの友達が二人いた。二人とも被爆者《ひばくしゃ》で、郵便貯金局で美代子の同《どう》僚《りょう》だった。そのうちの一人は老人ホームに入っていた。

この友人の息子《むすこ》は若い嫁《よめ》をもらったが、友人は嫁が気に入らなかった。嫁姑《よめしゅうとめ》はいつも仲《なか》違《たが》いをしていた。美代子の友人は、老後は息子が面倒《めんどう》をみてくれるものと思っていた。ところが息子は嫁を選び、母親を老人ホームに入れた。彼女は憤《いきどお》りと寂《さび》しさで惨《みじ》めな毎日を送っていた。美代子はこの友達が気の毒で仕方がなかった。老人ホームを何度も訪問し、若い頃《ころ》の笑い話などのおしゃべりをして慰《なぐさ》めた。

自分の調子がどんなに悪くても、友人や家族やほかの人のためになら、美代子は強くなれる。私は感心した。美代子は自分よりも常にほかの人のことを優先した。それは美代子が老い、衰弱《すいじゃく》してからも変わらなかった。

美代子は早苗《さなえ》のことを、いつもいちばん気にかけていた。施設《しせつ》に入った早苗の生活が落ち着き、仕事も友達も家族もできて幸せそうにしていても、心配する気持ちは変わらなかった。重度の障害を負った幼い日から、美代子は早苗に対する全責任は自分にあると感じており、ほかの人には自分と同じように早苗を慈《いつく》しみ、面倒をみることはできないと信じていた。「あの世に行くとき、早苗をあとに残してはいけない」。そう美代子は嘆《なげ》いた。

そんな美代子を見ていると、いたたまれなくなった。美代子はいつもしっかりしていて、どんな難局に出くわしても静かに乗り越《こ》えてきた。だが、心身ともに苦痛に満ちはじめ、その状態が十年近く続いていたのだから。

八十歳《さい》の夏、美代子は被爆者検診《けんしん》に行った。レントゲン写真で肺に小さな影《かげ》が見つかった。

前回とは違《ちが》った種類の、より攻撃的《こうげきてき》で進行の早い癌細胞《がんさいぼう》に冒《おか》されていた。診断《しんだん》が確定して四週間以内に、彼女は逝《い》ってしまった。妻が去って初めて、私は妻に対する愛情と真の絆《きずな》の深さを実感した。

そして、あの懐中時計《かいちゅう》のこと。

一九八五年に広島市から連絡《れんらく》があった。ニューヨークにある国連本部へ、父の懐中時計を贈《おく》りたいとのことだった。

国連本部は原爆《げんばく》四十周年記念の永久展示コーナーを設ける準備をしていた。広島の原爆資料館に展示してあった父の懐中時計は、珍《めずら》しいものだった。針が硝子《がらす》とともに飛び散り、八時十五分を指していた針の跡《あと》だけが文字盤《もじばん》に焼きついているのだ。だから、国連へ贈る重要な遺品のひとつとして選ばれたのだった。

私は喜んで同意した。広島に展示しているより、ニューヨークの国連本部に展示されるほうが、世界じゅうのより多くの人が閲覧《えつらん》できる。そしてその教訓を学ぶことができると思ったからだ。父の唯一《ゆいいつ》の形見である懐中時計が、あの八月六日の出来事の象徴《しょうちょう》として平和に貢献《こうけん》するのは、喜ばしいことだ。

一九八九年に章子《あきこ》は日本を離《はな》れ、臨床《りんしょう》心理学の博士号を取得するために渡米《とべい》した。ニューヨーク到着《とうちゃく》後間もなく、章子は祖父の形見の懐中時計を見るためにマンハッタンの国連本部へ出向いた。

だが、懐中時計はなかった。その時計はなんと、盗難《とうなん》にあっていたのだ。驚《おどろ》いたことに、国連では誰《だれ》一人として時計の盗難を気にしている様子はなかった。盗難について何の取り調べも行われず、広島市にも懐中時計の盗難の通知は送られていなかった。国連本部ツアーガイドを務める職員の話では、盗難は二週間以内に起こったに違いないということだった。というのは、そのガイドはちょうど二週間前から国連本部で仕事を始めたばかりで、時計がボルトで固く締《し》められたガラスケースに展示してあるのを見ていたからだ。

章子が国連本部ビルからコレクトコールをかけてきたとき、電話の向こうの声が怒《いか》りで震《ふる》えているのがわかった。私もその知らせを聞いてショックを受け、悲しくなった。あの懐中時計は、父のたったひとつの形見。私はあの時計に、父の魂《たましい》がこもっていると信じていた。なぜ国連側が紛失《ふんしつ》に対して何の調査も行わないのか、理解できない。

章子は、この状況《じょうきょう》を何とかしたいと願い、アメリカのメディアに連絡してみると言った。娘は道理の通らないことには耐《た》えられない性格で、とても気丈《きじょう》だ。私には娘の熱情がよくわかったが、怒りは何の答えも導いてくれない。娘に落ち着くようにと話しかける自分の中に、父が宿ってうなずいているのを感じた。

「章子《あきこ》、まあ、怒《おこ》るな。人を憎《にく》んだらようない」と、私は言い聞かせた。「大事なものを失うたときには、誰《だれ》かのせいにしとうはなる」。あの懐中《かいちゅう》時計は世界でたったひとつの特別な遺品だ。それでも、ひとつの物に過ぎない。形あるものは壊《こわ》れる。でも魂《たましい》は残る。希望を捨てるなと言った。「何かをなくしたときは、何かを得るときだ」。

娘に促《うなが》され、私は広島市に連絡《れんらく》をした。広島市は国連に正式な問い合わせをしたが、時計は見つからずじまいだった。

正直に言えば、私自身にも、父の懐中時計が消えたことを容認《ようにん》するのは難しい。娘にしたアドバイスを、自分にも言い聞かせなければならないときもあった。原爆《げんばく》によってすべての写真も遺品も燃えつきた。あの時計は、父だけでなく、ほかの家族全員と私をつなぐ唯一《ゆいいつ》の形見だったのだから。

盗難《とうなん》の事実を知って間もなく、父の夢を見た。その夢はとてもはっきりしていて現実感に満ちており、そこで語った父の一言一句を私はすべて思い出すことができる。

夢の中で、父は私に微笑《ほほえ》みかけた。

「進示《しんじ》、まあ怒るなや。がっかりするな。のうなってしもうたもんは、しょうがなかろう」

そして「うわっはっはっはっは」と独特の笑い方をして続けた。

「お前と別れたのは、わしが六十三のとき。時計が消えたのは、お前が六十三のとき。この世の流れよ」

父は私に語り続けた。私が身にしみて感じているとおりのことを。

「あの朝八時十五分に、何も終わっとりゃあせん。わしの時計が消えても何も終わりゃあせん。人生は続くんじゃ。わしとお前のつながり、わしらの願いや魂。これからもずっと続くんじゃ。お前の娘らがわしらから受け継《つ》いでくれるんじゃ」

いつものように父は賢《かしこ》く、正しかった。

日本のマスコミも、懐中時計紛失《ふんしつ》のことについて報道した。全国紙の一面や全国版のニュースで報道され、日本じゅうの人たちが父の懐中時計が地球の反対側で盗難にあったことを知った。そして、美甘福一《みかもふくいち》が勇敢《ゆうかん》にも息子《むすこ》の命を救ったことを知った。私は新聞やテレビのインタビューに追われ、私たち父子や家族の話が報道された。

すると、存在さえ知らなかった遠い親戚《しんせき》から連絡が入りだした。東京やあるいは別の離《はな》れた土地の美甘さんが手紙をくれたり、家系図を辿《たど》ってつながりを見つけたりして、いろいろと教えてくれた。

これらの情報を統合して、私は父方の家系図を一四〇〇年代、十五世紀にまで遡《さかのぼ》って再構築することができた。私たちの先祖は一四〇〇年代の播州苔縄《ばんしゅうこけなわ》の城主だった。父が私に話して聞かせていたとおりだった。今やっと証拠《しょうこ》がそろった。所有していた家族写真や家系図や手紙などの記録はすべて燃えてしまったが。

父の旧友も連絡《れんらく》をくれ、私の家族歴について教えてくれた。私を訪問してくれて、私が忘れていた話や聞いたことのない話をいろいろ聞かせてくれた。家族の写真を送ってくれた人もいた。私の手元には写真は一枚も残っていなかったので、これらの写真は本当に貴重だった。一枚一枚手に取るごとに、喪《うしな》った家族が息を吹《ふ》き返したような感じさえした。懐中時計《かいちゅう》が盗難《とうなん》にあったことによって、素晴《すば》らしいものに巡《めぐ》りあえた。

父の古い知人のなかには、父が戦前何年も勤めていたコバヤカワ写真館の息子《むすこ》、鈴木《すずき》さんがいた。鈴木さんと私は懇意《こんい》になった。私の父が働いていたとき、鈴木さんは小学生だったが、父のことをよく覚えていた。

「美甘《みかも》さんは物作りがものすごく上手だったので、僕《ぼく》はいろんなことを教えてもらった」と鈴木さんは言った。父はこの男の子を、手先の器用さと技術と想像力で感嘆《かんたん》させたのだ。それに触発《しょくはつ》された鈴木さんは、エンジニアの道を選んだという。

鈴木さんは父と呉娑々宇山《ごさそうざん》に一緒《いっしょ》に登った話をしてくれた。子供だった鈴木さんは必死に駆《か》け上ろうとした。父はゆっくりと後ろを歩きながら、鈴木さんを諭《さと》した。

「美甘さんが、『最初に走ったらいけん。全部の道のりに力を保存しとかんにゃいけん。それは忍耐力《にんたいりょく》と根性じゃ』と教えてくれた」。鈴木さんはその教訓を、その後の人生にずっと活《い》かしてきたと言った。

それが父だ。夢もあるが、実際的な計画も立てる。筋が一本通り、偉大《いだい》な能力と素晴らしい英知を備えた人間。

何よりも父は師だった。私は父のいくつもの教えを守り、子供たちにも教えてきた。私に命を与えてくれ、そして救ってくれた父。疑問を持つことを教えてくれ、許すことを教えてくれた父。真の忍耐と根性とは何かを教えてくれた父。

私は、その教えのとおりにこれまで生きてきた。

あとがき

私は、終戦後十六年経《た》った一九六一年に、広島市内で生まれました。子供の頃《ころ》の広島は、原《げん》爆《ばく》投下によって市全体が壊滅《かいめつ》してからまだほんの二十年しか経っていないとは想像もできないほどでした。私が育った広島は、文化と商業と教育が繁栄《はんえい》する都市であり、死と破壊《はかい》と嘆《なげ》きに満ちた都市ではありませんでした。

ただ、被爆者《ひばくしゃ》の体験談はとても身近で、至るところにありました。父が原爆の高熱や爆風《ばくふう》や放射能に直接さらされながらも何とか生き残った話や、祖父が父を生き延びさせるために断固として覚悟《かくご》を緩《ゆる》めなかった話を私は聞きながら育ちました。そして、母方の叔母《おば》や伯父《おじ》が原爆によって一瞬《いっしゅん》にして消え去ったことも。

私の母はとても伝統的な昭和の女性で、苦しいことや辛《つら》いことはすべて呑《の》み込んで胸に秘《ひ》め、なるべくほかの人の負担にならないようにする人だったので、あまり多くは語りませんでした。が、母の腕《うで》を切り落としそうになったいくつものガラス片《へん》が背中に残した大きな傷跡《きずあと》は、母の被爆体験の壮絶《そうぜつ》さを語っていました。父の失った耳たぶや右半身のほとんどを覆《おお》う火傷《やけど》の痕《あと》も。これらの傷跡は父母が何十年も前に経験した極限の苦痛のシンボルだったのです。

子供の頃、原爆について学ぶことは、広島で育つ私たちにとっては重要な教育課程の一環《いっかん》でした。毎年夏休みになると、原爆や、平和都市としての広島の核《かく》なき世界への使命などについて、社会科の課題が出されました。

幼稚園《ようちえん》では、エレノア・コア著『サダコと千羽鶴《せんばづる》』に書かれている佐々木禎子《ささきさだこ》さんのことを学びました。禎子さんは二歳《さい》のとき、広島市内で被爆し、それから九年も経ってから放射能障害である急性白血病を発病した人です。入院中、元気になりたいという願いを一心にこめて千羽鶴を折りましたが、九ヵ月後、たった十二歳で悲しくも幼い命を喪《うしな》いました。私が生まれる六年前のことでした。禎子さんやほかの「原爆の子」たちを思って、私たち広島の子供たちは毎年何千もの鶴《つる》を折り、平和を祈《いの》ったのです。

小学二年生のとき、学年全員が原爆資料館へ見学に行きました。私はそこで、祖父の懐中《かいちゅう》時計がガラスのケースに展示してあるのを見ました。懐中時計のガラスと両針は吹《ふ》き飛んでいましたが、爆風で少しずれた針の跡が表面に焼きつき、原爆投下時間の八時十五分を示していました。私は父から、常に、祖父はとても勇敢《ゆうかん》な人で周りのみんなから尊敬されており、叡智《えいち》に溢《あふ》れていたと聞かされていました。祖父が我《わ》が身を犠牲《ぎせい》にして、父に「命をあきらめずに激痛と闘《たたか》え」と叱咤激励《しったげきれい》したからこそ、何度も生死の境をさまよった父が何とか生き延びることができたのだと。

祖父と生き別れて数ヵ月後、父は、自宅跡《あと》の瓦礫《がれき》と灰の中で祖父の懐中《かいちゅう》時計を見つけたのです。祖父の唯一《ゆいいつ》の形見として、父はその時計を大事に所持していましたが、数年後に原爆《げんばく》資料館が設立されたとき、展示品として広島市に寄贈《きぞう》しました。父方の両親はともに一九四五年に亡《な》くなっているので、私は会ったことがありません。しかし、展示品のなかに祖父の懐中時計を見て、祖父と近くなれたような気がしてうれしかったのをはっきりと覚えています。

私の父は、生まれ育った時代と文化背景にしては、かなり進んだ考え方の持ち主です。私は幼い頃《ころ》から、常にこう言い聞かされていました。

「アメリカ人を憎《にく》むのは間違《まちが》いだ。確かに原爆を落としたのはアメリカだが、アメリカ人を責めるべきではない。物事の全体像を把握《はあく》することが大切だ。悪いのはアメリカ人ではなく、戦争だ。章子《あきこ》は大きくなったら、英語などほかの国の言葉や文化を勉強して大洋に架《か》かる橋となり、異なる背景や信条の人たちがお互《たが》いに理解と協力ができるように人の助けになりなさい。それによって、二度と核戦争《かくせんそう》が起こらないで済むように、次世代の子供たちが二度と自分たちのような苦しみを味わわないように、社会と世界平和のために貢献《こうけん》しなさい」

このような父の影響《えいきょう》を受けて、私は英語を勉強し、渡米《とべい》して多文化臨床《りんしょう》心理学を学ぶ決意をしました。

祖父の懐中時計は、原爆四十周年の一九八五年、ニューヨークの国連本部に永久貸与《たいよ》されることになり、広島の平和記念資料館から直接送られました。私は一九八九年に渡米したとき二十七歳《さい》でしたが、ニューヨークに着いてすぐに国連本部に行き、時計の盗難《とうなん》を知ることとなったのです。私は憤慨《ふんがい》と裏切られた気持ちでいっぱいになりました。

いったいどうして国連の人たちはそんなにうっかりしていられるの？ よりによって世界平和への努力を象徴《しょうちょう》する国連本部で盗難？

父が祖父の形見を遠方に手放してでも、世界じゅうから来る、より多くの人たちに見て学んでほしいという願いが踏《ふ》みにじられた！

あの時計は、父にとってはたったひとつの祖父の形見だということを国連の人たちは何とも思わないの？

焼《や》け焦《こ》げた時計なんて取るに足らない物に過ぎず、盗難がわかった時点ですぐに徹底《てってい》的な調査をして広島市に通達するほどのことではないと思ったの？

私は盗難のことを知るや、すぐに国連ビルの廊下《ろうか》の公衆電話から父にコレクトコールをかけました。父はその知らせに衝撃《しょうげき》を受け、たじろいでいるのが電話の向こうの様子でわかりました。しかし、私に怒《おこ》るなと言い聞かせました。懐中時計はひとつの所有物に過ぎないと。それの消失によって家族の絆《きずな》や歴史が消えるわけではないと。そして、父と祖父の物語を世界の人たちに伝えられなくなったわけでもないと。懐中時計は所詮《しょせん》一個の物品であり、私たちの精神がその時計に意味と象徴性を与えるのであって、時計自身が意味を作り出すのではないと。

またしても私は父に教えられたのです。人間は一見ネガティブな経験に対しても、共感と許す心で対処するという選択肢《せんたくし》があるのだということを。

　私たちには、怒《いか》りと憤《いきどお》りでやりきれない気持ちを膨《ふく》らませて恨《うら》みにエネルギーを費やして生きる選択肢もあります。が、父が祖父の時計をあの瓦礫《がれき》の中で見つけたことの奇跡《きせき》そのものをまず感謝し、何万人もの人がその時計を見て核戦争《かくせんそう》の恐《おそ》ろしさを目撃《もくげき》し、平和への想《おも》いを募《つの》らせたであろう事実や、誰《だれ》かが時計を盗《ぬす》んでまで自分のものにしてしまうほど貴重なものだと思ったことさえも、ありがたいと思う選択肢もあります。

　私たちの心は、被害者《ひがいしゃ》としての意識に焦点《しょうてん》を当て、どれだけひどい目に遭《あ》わされたかということを必死に胸に刻《きざ》み込もうとするかもしれません。けれど、人間が持つより高尚《こうしょう》な精神力は、人を憎《にく》む機会を人を愛する機会にと変えることができるのです。

　父があれだけの激痛や苦悩《くのう》――瀕死《ひんし》の重傷を負い、家族を喪《うしな》い、身寄りも家も仕事も健康も何もないところから一人で人生を築き直さなければならなかった苦労――を体験しながら、原《げん》爆《ばく》を落としたことについてアメリカ人に対して恨みを持っていないということは、稀有《けう》なことと言えます。

　広島に原爆を投下したB29爆撃機《ばくげきき》に「エノラ・ゲイ」と自らの母の名をつけたポール・ティベッツ機長に対しても、与えられた使命を正確かつ効果的に果たしたことについては優秀《ゆうしゅう》だった、と父は言います。もちろん、エノラ・ゲイが落とした原爆が三十五万人もの市民の命を奪《うば》ったことそのものについて褒《ほ》めているのではありません。父は、「ティベッツ機長は有能な軍人であり、パイロットだった。与えられた指令に従ってちゃんと使命を遂行《すいこう》したのだ。自分の命の危険を冒《おか》して」と私に言いました。

カリフォルニア心理学専門大学院（現アライアント国際大学）サンディエゴ校の博士課程で私が学んでいたとき、精神力動学的心理療法《りょうほう》の教授が、〈同情〉と〈共感〉の違《ちが》いについて心理学的見解を教えてくださいました。教授は次のように述べたのです。

「〈同情〉とは、その人が感じている感情と同じか似た気持ちに自分もなることです。もし、誰かが悲しんでいたら、あなたも自分がその立場にいるかのように悲しい気持ちになり、その人を気の毒に思うのが〈同情〉です。でも〈共感〉は違います。その人と全く違う感情や意見を持っていても、その人に共感することはできるのです。共感しながら、逆の意見や逆の感情を持つことさえ可能です。自分の主観的経験を脇《わき》に置いて、まず相手の育った文化や環境《かんきょう》やその人の人格などを考慮《こうりょ》した上で、その人の見地に立ち、その人だったらどのように想い、どのように感じて物事が見えるかを理解しようとするのが〈共感〉なのです。〈共感〉は心理療法を行う際のエッセンスです」

そして教授は、〈共感〉の極端《きょくたん》な例を挙げてさらに説明しました。そのユダヤ系の教授は、ホロコーストの生存者の子孫でした。教授は言いました。

「たとえば、ホロコーストの生存者がアウシュビッツの司令官であったルドルフ・ヘスに共感することが可能です。ヘスの行ったことに同意もしないし、心底から湧《わ》き出る怒《いか》りや憤《いきどお》りの感情をたとえ持っていたとしても。ルドルフ・ヘスに与えられていたプレッシャーや、ナチのオペレーションの中でどのような環境《かんきょう》にいたかを理解しようとし、ヘスがなぜあのような行動をとったのかをホロコーストの生存者が理解しようとすることは可能なのです」

私の父は、アメリカ人に共感することを選んだのでした。ほぼ無意識のうちに、アメリカが原爆《げんばく》投下に至った経緯《けいい》や環境を理解しようとしたのです。そして、怒りや憤りや恨《うら》みの鎖《くさり》につながれた被害者《ひがいしゃ》として生きるよりも、この経験を生かして人間性をよりよく理解し、世の中に貢献《こうけん》しようとする道を選んだのでした。父はほかの被爆者《ひばくしゃ》から「アメリカを恨まないなんて、被爆者の裏切り者だ」とバッシングされたことも何度もあります。が、アメリカを恨まないからといって、父が原爆使用の正当論に同意しているわけでは全くありません。

ホロコーストや原爆のような大人災を体験しなくても、共感の大切さを理解することはできます。私が臨床《りんしょう》心理の仕事でカップルセラピーや家族療法《りょうほう》を行うときには、真の意味の共感とは何かを説明し、患者《かんじゃ》やクライエントが共感を取《と》り戻《もど》したり築いたりできるようにお手伝いをするようにしています。

私は、カップルが以前はとても深い絆《きずな》と愛情に結ばれた関係だったのに、まるで戦争のような争いの気持ちになってしまっているのをよく見ます。とくに離婚《りこん》や親権争いのケースに関してはそうで、元来は健全だった判断力が、傷ついた気持ちと深い憤りによって鈍《にぶ》ってしまうのです。離婚で争《あらそ》っている親は、知らないうちに子供を利用して、相手方に罰《ばつ》を与えたり仕返しをしたりしようとすることが多々あります。親はもちろん、子供を傷つけたり苦しめたりするつもりはさらさらなく、自分がやっていることは子供のためだと心底信じている場合が多いのですが、親同士が争って結局いちばん苦しむのは子供なのです。自分自身の恨みつらみをとりあえず横に置き、何が子供にとっていちばんよい結果になるかを最優先に考え、たとえ憎《にく》い相手方であっても協力体制を整えるということを想像もできない親は、相手方のことはもちろん、子供の気持ちにさえも共感することができなくなってしまっています。

誰《だれ》かに傷つけられたら、その「加害者」が報《むく》いを受けて苦しめばよい、そうすれば自分の苦しみが楽になり自分は立ち直れると願いますか？　実際にそうなれば、もしかすると一瞬《いっしゅん》は「自業自得《じごうじとく》、因果応報だ」と世の中の正当性が確証されたような気分ですっとするのかもしれません。が、そのような安堵《あんど》や満足感は表面的なもので、私たちに真の意味での心の平穏《へいおん》をもたらすことにはなりません。共感と許す心こそが、真の意味での癒《い》やしに通じる道なのです。共感することや許すことができる人は、自分の感情の奴隷《どれい》となることなく、より自由な物事の捉《とら》え方《かた》をすることができます。そして、それは驚《おどろ》くほど人間に有能感と解放感を与えるのです。私たちが、「どれだけ辛《つら》い目に遭《あ》ったか、どんなに不公平な出来事だったか、どんなにひどい扱《あつか》いを受けたか」についてじっと念じ続けてとらわれている状態から自らを解放できると、その分、自己成長と癒やしのためのエネルギーと心の余裕《よゆう》が作り出せるのです。

人間の攻撃性《こうげきせい》は多くの場合、深い恐怖心《きょうふしん》から出る反応です。何かを奪《うば》われる、何かが欠乏《けつぼう》してしまう、見捨てられる、攻撃される、侮辱《ぶじょく》される、あるいは自分が独立していられることも含《ふく》めてさまざまな権利を剝奪《はくだつ》されるなどの恐怖心があるとき、または実際にそのようなことが起こっているときに、人間は身体的または精神的に攻撃的な行動に出ます。これは、人間の自然な本能なのです。ですが、精神的にそして情緒面《じょうちょめん》でもより発達した人間であれば、本能のままに衝動的《しょうどうてき》な行動に出る必要はありません。

いろいろある負の感情のなかでも、単純な怒《いか》りや悲しみなどではなく、深い憤《いきどお》りや恨《うら》みの気持ちが免疫《めんえき》ホルモンの活動を抑制《よくせい》し、それによって実際に私たちは病気になりやすくなることが精神免疫学の研究でわかっています。逆に、許す心が神経伝達物質の働きを促進《そくしん》し、気分を改善したり抑鬱《よくうつ》状態を正常に戻《もど》したりすることもわかっています。

として渡米《とべい》し、国連本部で懐中《かいちゅう》時計の盗難《とうなん》を知ってから、二十五年の月日が経《た》ちました。

私は今、カリフォルニア州サンディエゴに住んでいます。一九九五年に臨床《りんしょう》心理ドクターとして「US-Japan サイコロジカル サービス」(www.usjapanpsych.com)を開業し、いろいろな国籍《こくせき》の人たちが自己と他者の理解を深めるお手伝いをするために、多文化心理療法《りょうほう》、精神鑑定《かんてい》、精神科投薬コンサルテーション、エグゼクティブ・コーチング、大学院教育等に従事してきました。私の使命は、立場や信条の異なる人間同士が効果的な意思伝達を行って協力できるように、そして葛藤《かっとう》の中にあっても物事を多角的に見て理解できる力と共感を育てられるように、教育啓発《けいはつ》をすることです。

二〇一一年に、私たちは「サンディエゴ・ウィッシュ：世界平和を願う会 San Diego-WISH : Worldwide Initiative to Safeguard Humanity」(www.sdwish.org) を設立しました。この組織は、例年「平和とヒューマニティーの日」のイベントとして、広島の原爆《げんばく》記念日である八月六日――カリフォルニア時間では八月五日――に世界平和祈願《きがん》式典、また長崎《ながさき》の原爆記念日である八月九日に灯籠《とうろう》流しを行い、長崎以降核兵器《かくへいき》が使われなかったことを万人《ばんにん》が感謝し、恒久《こうきゅう》平和を願うためのイベントを行っています。この草の根運動を通して、次世代を担《にな》う子供たちや若者や教育者を教育し、世界の平和とヒューマニティーの向上のための願いを広げていくのが私たちの使命です。

この本は、私が何十年もの間語りたかった多くの命についての物語です。私の家族や自分の人生経験と、多くの患者《かんじゃ》さんやクライエントとの仕事の中で、私自身がこの目で見てこの耳で聞き、感じとったすべてを集大成した教訓を世界の人々と分かち合うべき時期が来たと思います。

母は六年前に他界し、父はおかげさまで米寿《べいじゅ》を迎《むか》えましたが、まだ現役《げんえき》で仕事をしています。現在、父はあのとき至近距離《きょり》で被爆《ひばく》しながら生存している数少ない生き証人の一人です。

私と姉妹、そして私たちの子供たちがこの世に存在していることは、奇跡《きせき》とも言えます。私は、自分がこの世に送り出された理由を次のように感じています。私が父母や家族の体験を語ることにより、「想像を絶する苦痛と苦悩《くのう》を講じたあの戦争で敵同士であった二つの国が、今は最強のパートナーとなり協力体制にあることで、平和と調和が確立されている」という史実をお手本に、平和について世界の人々に語りかけることであると。

日本とアメリカは、第二次世界大戦中は史上最悪とも言える敵国同士でした。しかし、今はそれを乗り越《こ》えて、強い絆《きずな》を持つ仲間なのです。二万人以上の日本人が犠牲《ぎせい》になった二〇一一年三月十一日の東日本大震災《だいしんさい》の直後には、アメリカは「オペレーション・トモダチ(トモダチ作戦)」を発動し、アメリカ史上最大の救済努力を行いました。

世界じゅうの人たちがこの本を読んで、万国《ばんこく》共通の人間性の根底ともなる〈許す心〉と〈共感〉を学び、自分の人生の中でそれを応用する方法を見つけることが私の願いです。適切な意図を持って努力すれば、昨日の敵は明日の友となれるのですから。これこそが、私が世界に希望するヴィジョンです。

二〇一四年五月

US-Japan サイコロジカル サービス 代表
サンディエゴ・ウィッシュ:世界平和を願う会 代表
心理学博士　美甘章子《みかもあきこ》

付・写真資料

第二次世界大戦後の美甘《みかも》進示《しんじ》・美代子《みよこ》夫妻。

美甘福一《みかもふくいち》（進示の父）と千代乃《ちよの》（進示の産みの母）。

国民服（1940〜45年に使用された日本国民男子の標準服）を着た16歳《さい》の進示。

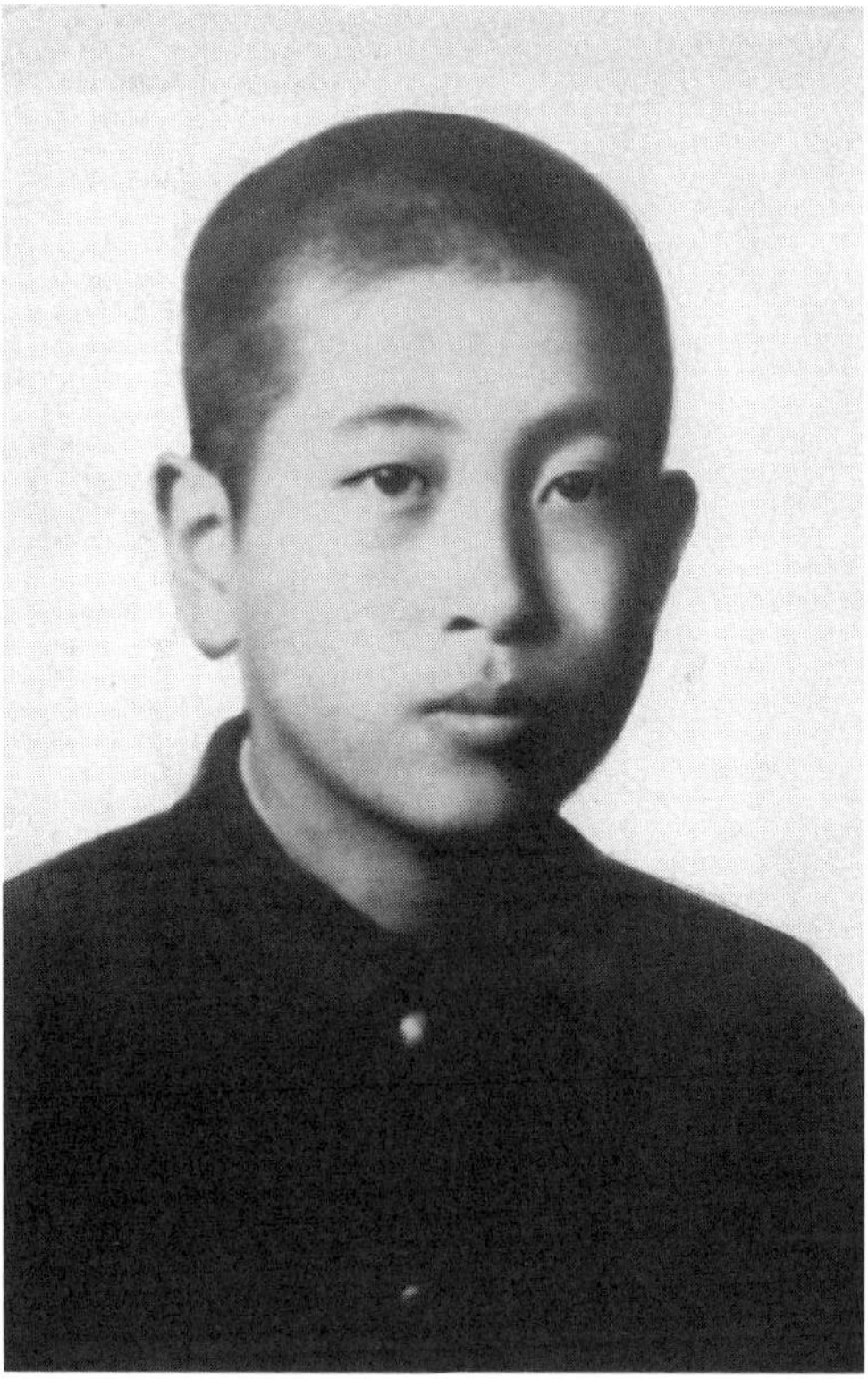

学生服を着た18歳の美《み》甘《かも》隆《たか》示《じ》（進示の兄）。

福一の懐中《かいちゅう》時計の鎖《くさり》に付けられていた家の鍵《かぎ》とメダル。

原爆《げんばく》投下前の美代子一家。
前列左から母、妹（被爆死《ひばくし》）、父、末の弟、
後列左から兄（被爆死）、弟、17歳の美代子（被爆後3ヵ月入院）。

戦後の進示の家族。前列左から美代子の母、美代子の父、
美代子と早苗《さなえ》、後列左から美代子の叔母《おば》、美代子の末の弟、最後列が進示。

原爆投下後に発生した「きのこ雲」。
作戦に参加したアメリカ軍B29爆撃機《ばくげきき》3機のうちの1機から撮影《さつえい》。
〈撮影：アメリカ軍／提供《ていきょう》：広島平和記念資料館〉

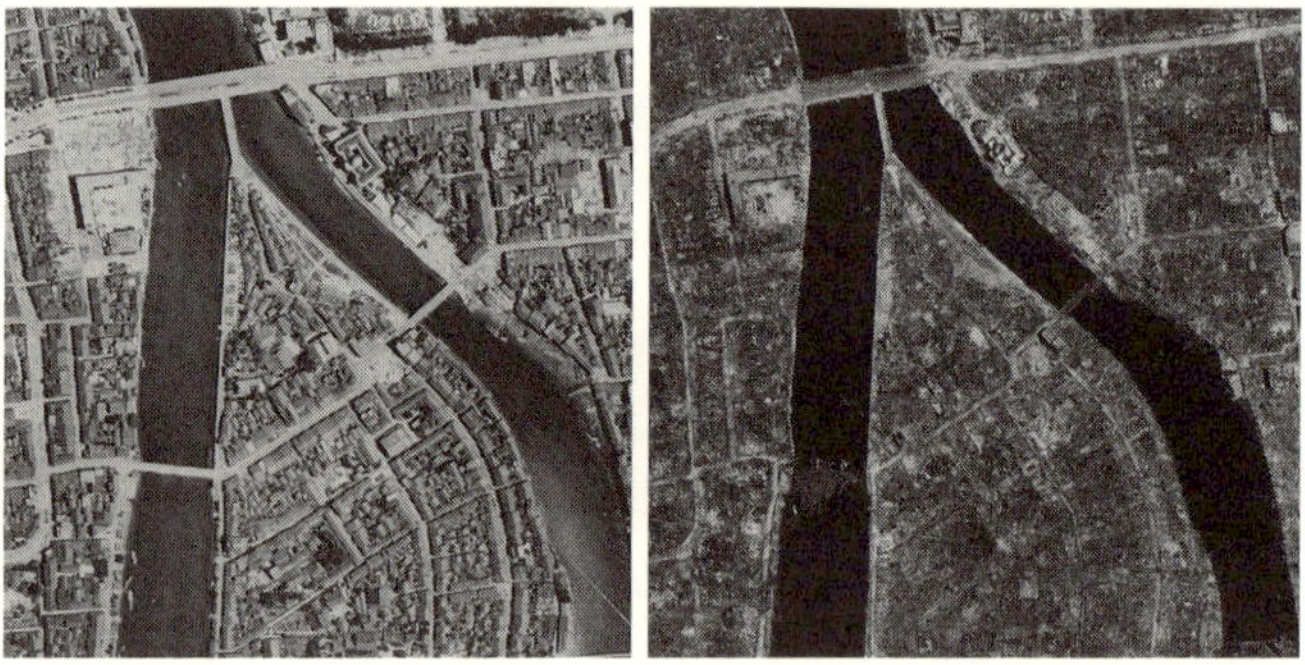

アメリカ軍が原爆投下のターゲットにしたT字型の相生橋《あいおいばし》と爆心地《ばくしんち》を空から見る。
原爆投下前（左）と後（右）。〈所蔵：アメリカ国立公文書館〉

1945年8月末、爆心地から1200mほど離《はな》れた進示の家の近隣《きんりん》付近。
京橋川が見える。〈撮影：川本俊雄《かわもととしお》／提供：川本祥雄《よしお》〉

1945年9月、爆心地から800mほどの八丁堀《はっちょうぼり》交差点。
左手上に美代子が勤めていた広島郵便貯金局の入っていた
ビル（福屋百貨店）の影《かげ》が見える。中央には脱線《だっせん》して燃え残った路面電車。
〈撮影：川原四儀《かわはらよつぎ》／提供：広島平和記念資料館〉

福一の懐中《かいちゅう》時計。焼けただれ、長針も短針も爆風《ばくふう》で吹《ふ》き飛んでいたが、
想像を絶する高熱がそのときの針の影を焼きつけていた。

87歳の進示。〈撮影：アンドリュー・J・フロレーズ（進示の孫）〉

現在の栄橋と京橋川。〈撮影：アンドリュー・J・フロレーズ〉

現在の広島東照宮《とうしょうぐう》の階段。〈撮影：二《に》井《い》理《り》江《え》〉

現在の平和記念公園と原爆ドーム。〈撮影：アンドリュー・J・フロレーズ〉

美甘章子の活動を下記サイトで紹介しています。
サンディエゴＷＩＳＨ　http://japanese.sdwish.org/
フェイスブック「8時15分」　https://www.facebook.com/815book

美甘章子　みかも・あきこ

一九六一年、広島市生まれ。両親とも被爆者で、幼いころから原爆と戦争の悲惨さを身近に感じて育つ。広島大学教育学部卒業後、アメリカに渡り、カリフォルニア心理学専門大学院（現アライアント国際大学）サンディエゴ校で多文化臨床心理学を学ぶ。現在、心理学博士として「US-Japanサイコロジカル サービス」代表、「サンディエゴ・ウィッシュ：世界平和を願う会」代表を務め、世界の平和とヒューマニティーの向上を目指す活動を続けている。

8時《じ》15分《ふん》　ヒロシマで生《い》きぬいて許《ゆる》す心《こころ》

二〇一四年七月　八日　第一刷発行
二〇二五年七月一五日　第五刷発行

著者　美甘章子《みかもあきこ》
発行者　柿島一暢
発行所　株式会社講談社エディトリアル
郵便番号　一一二-〇〇一三
東京都文京区音羽一-一七-一八　護国寺SIAビル
電話　代表：〇三-五三一九-二一七一
販売：〇三-六九〇二-一〇二二
印刷・製本　株式会社KPSプロダクツ

ISBN978-4-907514-08-2